西蜀寻隐

杨 虎——著

四川文艺出版社

图书在版编目（CIP）数据

西蜀寻隐 / 杨虎著. -- 成都：四川文艺出版社，
2019.3（2023.1重印）
ISBN 978-7-5411-5319-8

Ⅰ.①西… Ⅱ.①杨… Ⅲ.①散文集—中国—当
代Ⅳ.①I267

中国版本图书馆CIP数据核字(2019)第033708号

XISHU XUNYIN
西蜀寻隐

杨 虎 著

责任编辑　苟婉莹　卢亚兵
封面设计　叶　茂
内文设计　史小燕
责任校对　蓝　海

出版发行　四川文艺出版社（成都市锦江区三色路 238 号）
网　　址　www.scwys.com
电　　话　028-86361802（发行部）　028-86361781（编辑部）

排　　版　四川最近文化传播有限公司
印　　刷　三河市嵩川印刷有限公司
成品尺寸　145mm×210mm　　　开　　本　32 开
印　　张　9　　　　　　　　　　字　　数　210 千
版　　次　2019 年 3 月第一版　　印　　次　2023 年 1 月第二次印刷
书　　号　ISBN 978-7-5411-5319-8
定　　价　49.80 元

目　录

附录

发现《洪武南藏》

万物皆有因果。

——灯宽

一、寂寞藏经楼

1

1962年1月24日，凌晨。一位长髯及胸的老人躺在台北阳明山中一张孤零零的病床上。耳边唯一作响的，是太平洋上空刮过来刮过去的大风。如豆的灯影下，孤独，让他陷入了难以遏止的思念：长眠在黄土下的双亲、千里之外生死未卜的发妻、离别时长女清秀忧悒的泪脸……他再也无法控制，热泪索索而下，手抖着，颤颤地铺开纸笔：

> 葬我于高山之上兮，望我大陆；
> 大陆不可见兮，只有痛哭！
> 葬我于高山之上兮，望我故乡；
> 故乡不可见兮，永不能忘！
> 天苍苍，野茫茫；
> 山之上，国有殇！

哀歌之后，老人在这薄情的世间又活了两年九个月零十七天。弥留的时日，据人们后来言说，他曾竭尽全力，抬起嶙峋的手指在空中一笔一画、一遍一遍地写着——杏、花、春、雨、江、南，蜀、山、蜀、水、杜、鹃……

春雨打湿江南。哦，那一刻，垂暮之际的老人许是忆起了当年革命成功，兴冲冲与友人一起月下泛舟富春江的辛亥往事？

蜀水碧，蜀山苍。如果传言是真，那么，让老人念念不忘的，除了月光下的富春江，是否还有自己当年踏着满地蝉声，行走在青城山间，找寻那被誉为"西川第一天"光严禅院的衫影萍踪？

发黄的方志上记载着，那一次，他是为拜谒一部经书而去。

那是1945年，他六十六岁了。而那部经书，藏在光严禅院深处，已整整五百二十九年。

五十八年后，有个名叫灯宽的老和尚谈起他，言语间，仿佛他刚刚跨出门去："先生是在青城山里，听佛门中人偶然提起《洪武南藏》孤本的下落，才兴致勃勃地赶到古寺的。他美髯齐胸，二目不怒而威，真是大儒风范。他上藏经楼读了几天经，几乎足不出户。临走前，他应前任住持之邀，龙飞凤舞，一挥而就，写下'藏经楼'三个草字，口称'难得！难得！'"

这是2003年暮春。光严禅院幽暗的方丈内，一百零三岁的灯宽蜷足而坐，满目清光。窗外，杜鹃声声。

两年后，灯宽圆寂。

那三个字至今仍活在光严禅院后院的一面墙壁上。倘若你进得庙来，沿苔茸铺绿的石梯拾级而上，依次经过洗心池、大雄宝殿、弥勒殿、天王殿，一路殿宇错落，木铎声声，然后入一暗廊，出一角门，眼前豁然天高山远，再往右一拐，就看见了那三个字——多年以后，它们依旧墨黑如新，宽博潇洒，似舞却栖。

落款处，竖立着他的名字：于右任。

字的对面，曾静默着一座色泽斑驳的藏经楼。楼高三层，飞檐翘角，巍然耸峙，依稀可见当年非凡气势。

只是，墨迹犹存，而经书，却早已悄然远去。

2

令于右任当年为之挥毫为之念念不忘的，正是灯宽禅师圆寂前提到的、光严禅院藏经楼里曾秘藏的佛籍大典、国之孤本——《洪武南藏》。

何谓《洪武南藏》？

或者说，何谓南藏？

名前缀之以洪武，莫非它与明朝开国皇帝朱元璋有瓜葛？

如果是，为什么它会被视之为国之孤本？

而在近年的一些研究中，它又为何被一些专家认为是由建文

于右任手迹：藏经楼。作者摄

帝刊刻而成？

　　既然出身于皇家，为什么它会流落到这僻处西蜀一隅的山寺里藏身五百余年而无人知晓？

　　在这深山古寺里，它曾有过怎样惊心动魄的遭遇？

　　惊现世间后，它又去往了何方？

　　……

3

　　今人说起这部典籍，每每呼之为《洪武南藏》。其实，"洪武"二字乃是后人加上去的称呼，指的是大明洪武年间。它最初的名字，按明人的说法，叫"初刻《南藏》"。南，指的是南京。藏，原是古印度佛教典籍的计标单位，后泛指汉传佛教《大藏经》。

　　自北宋初年《开宝藏》问世以来，历代官、私所修各种版本的汉文《大藏经》，仅有二十一种。有明一代，二百七十六年间，官方也只刻印了三种（次）。第一种即《洪武南藏》。1372年春，它由朱元璋下令召集江南名僧至南京蒋山寺（后名灵谷寺），启建"广荐法会"，组织力量点校、开刻，约在1398年与1399年左右完工。因耗费浩大，当时仅印了两部，皆归藏于大内，刻板则放存于南京另一座古刹天禧寺（后名大报恩寺）中。

　　二十多年漫长的刻印期内，这部以南宋理宗宝庆年间（1225—1227）所刻《碛砂藏》为底本的大明第一经藏曾几经增补，收入大量禅教诸宗的语录著述。待刻印完毕，只一部便重逾三吨以上，共计六百八十四函，分一千六百部，达七千余卷。

　　然而，仿佛总有一股神秘而悲情的力量与它如影随形——当它面世之日，正是朱元璋辞世之时，仓促登基的建文帝来不及播行天下，便匆匆钤印秘藏。四年后，朱棣大兵攻陷南京，建文帝在一场大火中神秘失踪。它遂转入永乐帝之手，由此辗转开始了长达六个多世纪的奇特遭遇：

面世十年后，公元1408年，一场离奇的大火烧毁了它的刻板，天禧寺也被烧得瓦砾遍地。1409年，其中一部在皇宫藏书密阁又莫名其妙遭火焚毁。

1416年，仅存的另一部从南京神秘离去，就此湮沦世海，寂寂无闻。以致其后的四百余年间，世人只知永乐帝武略文韬，除迁都北京、令郑和下西洋等事功外，还主持刻印了《永乐南藏》《永乐北藏》两部佛学大典。

然而总有人在苦苦探寻它的下落。昏暗的史页间，它那缥缈的身影、时隐时现的蛛丝马迹是让人如此心动、如此神迷，不惜跋山涉水……

这一天终于来到。1938年，《洪武南藏》孤本惊现于西蜀光严禅院。消息传开，海内外高官大儒如林森、冯玉祥、于右任等纷至沓来，抚掌再三，难舍难离。

1951年，它再度离开。

……

风，从光严禅院四周高高低低的山林里涌起，惹得悬挂在藏经楼檐角下的风铃响个不停。尽管早已籍去楼空，那声声风铃，以及黑暗中寺庙里燃亮的点点灯火，却仍在不知疲倦地讲述着这部佛教传奇典籍悲欣交织的命运。

幸也？

悲也？

让我们把目光投向 1371 年。这年除夕，大明开国皇帝朱元璋做了个奇怪的梦。

二、朱元璋的梦

1

1371 年是个平年。这一年雨水较多，刚交大寒，细雨便纷纷扬扬，濡湿得江南一带烟雨蒙蒙。

朱元璋的心情也同天气一般潮润。

按照洪武元年立下的规矩，从腊月二十四开始，宫内就开始营造过年气氛。乾清宫丹陛左右，各安设了九盏万寿天灯，灯后悬挂着九副万寿宝联，两面都用金丝绣上联句。酉时过后，殿内灯光辉映，连外面高渺的夜空也显得透亮起来。

在奏疏上批注累了，朱元璋就放下笔，走到殿外的江山社稷亭旁，望着城外江天一线处的渺渺风景驻足沉思。这一年他四十三岁，正是精壮之年。七月初十，大将傅友德不顾暑热，挥兵攻取成都，四川平定。虽则蒙古残军仍在边地窥视，但这却标志着内地一十八行省就此归一，天下又重新回到了汉人手中；腊月初六，吏部又上奏了大明疆域内府、州、县及官员数额。此后，这一串数字就在他心里扎下根来，挠得他常常心潮起伏：

（天下共计）府一百四十一，官八百八十；州一百九十二，官五百七十二；县一千零一十三，官三千零四十一。通计府州县一千三百四十六，官四千四百九十三。

　　做梦也没有想到，当年那个淮河边放牛为生的乡村儿童、皇觉寺里孤苦无依的少年沙弥、流浪路上求告无门的青年乞丐竟会置下如此广大的一份家业。一瞬间，朱元璋简直不敢相信自己的眼睛，随即，一股巨大的伤悲骤然从往事深处升起，钝刀般割扯着他的心——

　　从呱呱坠地开始，家里就没过一天安生日子。年迈的祖父带着一家人，在淮河两岸到处躲债。那时，父亲朱五四最大的梦想，就是能做个佃户，暂时耕种属于别人的一亩三分地。

　　1344 年春天，家乡赤地千里，紧接着，蝗虫铺天盖地而来。转眼间，父亲、大哥和母亲先后去世，只剩下自己和二哥。别说没钱置买棺材，家里连块下葬的坟地都没有。兄弟二人抱头痛哭，找了几件破衣服裹住亲人，草草葬在邻居刘家的土地上。

　　为了活命，十六岁的自己不得不与二哥分开，然后强忍眼泪，前往皇觉寺投奔人称法仁和尚的幺叔朱五六。

　　经叔父苦苦求情，自己才得以做了一名小行童，每天扫地、上香、打钟击鼓、烧饭洗衣，忙得团团转，却常被斥责，幸好还有叔父——冬天，寒风呼号，叔父把舍不得吃的馒头偷偷塞到自己枕边，再解开僧衣，用身体慢慢焐热苦命的自己；夏天，常常一觉醒来，叔父还在边喃喃诵经，边为自己驱赶蚊虫。

　　夜深了，叔父咳个不停，灯光把他枯瘦的身影映在墙壁上，像一条弯曲的虾……

　　想到叔父，朱元璋的眼睛湿润了。自 1351 年夏淮河两岸再发洪灾，叔侄二人不得不洒泪而别以来，他一直牵挂着叔父。前些年忙于征战，无暇分心，自定都南京以后，他便暗中嘱咐身边人四处打探。如今，四年过去了，各种消息开始从四面八方传来，却无一落实：

东边的消息说，叔父法仁已乘船出海；

南边称，叔父法仁曾避居于洞庭湖边，不知去向；

北边探闻，法仁和尚已还俗，似乎死于乱军之中；

西边传回来的消息则称，法仁已远赴西域，去为多灾多难的中土求取真经；

……

细雨如丝，纷乱着中年朱元璋的心。他不明白，何以在这个寒冬，自己对叔父的思念之情会变得如此强烈？

几天后，这缕思念达到了顶峰。

2

为迎接新年正旦，除夕之夜，乾清宫要内设家宴。按洪武四年六月颁布的大明礼制，乾清宫檐下陈设象征着最高礼乐的中和韶乐，殿内陈设了丹陛大乐，只待吉时到来，鼓乐齐鸣。宴桌的摆放也严格有序：皇帝座前设金龙大宴桌。左侧面西座东摆着皇后宴桌，其余嫔妃则分排左右。

洪武初，朱元璋还自俸甚俭。1371年除夕的皇室家宴，桌上也不过果四、蔬三、汤一，荤菜则蒸长江鲜鱼之外，特添了一份糊辣醋腰和咸豉芥末羊肚盘。马皇后按例减一。其余嫔妃则按尊卑再行递减。

然而礼仪却是马虎不得的。在朱元璋看来，天下之定，首在君、臣、民等各安其位；礼乱，则人心生不安之思。这一晚的家宴正是如此：简约、朴素，却规制得一丝不苟。

　　后宫的女人们早已垂首侍立，待朱元璋入座，就开始传膳。每道菜从御膳房出来，盖一层黄绢放在食盒里，盒上再撑起一把微型曲柄黄伞。太监们将食盒顶在头上，屏息静气，鱼贯而来，依次跪拜而入。

　　少顷，宫女舒舞长袖，一年一度的除夕承应宴戏在席前铺演开来。暖意氤氲，不知不觉间，殿外的暮色已被灯火远远地阻隔开来。戌时过后，朱元璋酒意渐深。他以手支颐，恍惚间，却见叔父从殿外缓缓走来——

　　　　尝闻天下无二道，圣人无两心。三教之立，虽持身荣俭之不同，其所济给之理一。陛下今广拥天下，当思佛道永昌，法轮常转，利邦益国。

　　多年不见，叔父依然身着当年皇觉寺里那件须臾不离的黑色百衲衣。清瘦的脸颊上，叔父依旧那般高颧深目，眉宇间略望似乎又悲又喜，细看却无喜无悲。两人目光相接，只见叔父口唇微张，每个字都似有微风推送，清清楚楚落到自己耳边。

　　朱元璋又惊又喜，急忙迎上前去，一睁眼，却见满屋灯火喧腾，哪里曾有叔父的半点影子？

3

　　今天，佛教在它的发源地印度，早已湮寂无闻了，但在中华文化圈内，丛林处处，依然佛事繁盛。这中间，汉传佛教典籍《大藏经》功不可没，所谓佛靠经传。元明之际，百姓厌倦了刀兵，急切渴望从佛、道之中得到心灵寄托。朱元璋对此有着自己的想法。平日里议论，他总是说佛陀立教可使人明了祸福因果，明心见性，仁慈忍辱，诸恶不作，百善奉行。其实，他对佛教的深谋远虑着眼旨在功利。登基以来，尤其当天下尽入己手之后，他才发现自己是忧心多于喜绪。一方面，他踌躇满志，觉得己身确乎荣膺天命；而每每深夜醒来，却辗转反侧，难以入寐。

> 南朝天子爱风流，尽守江山不到头。
> 总是战争收拾得，却因歌舞破除休。

不知什么时候起，晚唐李山甫的这首《上元怀古》成了他夜半静思时默诵最多的诗作，后两句尤其让他背心阵阵发凉：

> 尧行道德终无敌，秦把金汤可自由。
> 试问繁华何处有？雨苔烟草古城秋。

从洪武元年开始，他就苦苦思索朱明王朝的长盛之道，欲期基业万年。制礼乐、迁豪强、崇乡贤、轻税赋、废宰相，直到将贪官剥皮揎草……一系列抑官安民的举措让天下掌声四起。

然而他最渴望的却是万民一心。在他看来，普天之下至深至重、至渺至远、至难管束者，人心也。因此，当他从1371年除夕之夜的幻觉中醒来，立刻敏锐地意识到这是上天借叔父之口给自己带来了启示之音——

> 假处山薮之愚民，非知国法，先知虑生死之罪，以至于善者多而恶者少，暗理王纲，于国有补无亏。

　　这一晚，他破例没有到皇后寝宫去睡，以致马皇后眼巴巴等到天明，内心转念无数。他当然没有去轻纵龙体。宴会结束后，他手一挥，吩咐司礼太监在前摆灯，径直去了御书房。压在心中多年的疙瘩一旦化解，内心突然涌起了一股强烈的写作冲动，他迫不及待要把自己的感受倾涌出来，让绵延不绝的儿孙们从中领略并受用不尽："（夫佛法者）暗助王纲，益世无穷。"

　　灯光下，他眼神炯炯，继续悬腕疾书："（其）可化凶顽为善，默佑世邦，其功浩瀚……"

　　待他放下笔，窗外已晨光熹微。午门外，换岗的卫士铠甲簇新。洪武五年的正月初一来到了。

三、悟空禅师

1

　　蜀王朱椿是一个喜好读书和做学问的人。

　　朱元璋的二十六个儿子中，他虽为庶出，却因"博综典籍，容止都雅"，被父亲送了一个雅号："蜀秀才"。当时的人也称赞他："尤好学读书不倦，喜延接贤士大夫，讲论至夜分，不为声色游畋之事。"但鲜为人知的是，他雅号的由来却是因为找到了叔祖法仁和尚，令父皇大喜。

　　1390年正月初一，正当《洪武南藏》浩繁的点校、刻印工程行进到第十八个年头之际，十九岁的朱椿从安徽凤阳来到了自己的封地成都。下车伊始，他便经受了一场战火考验：西番蛮人作乱，纵兵焚烧黑崖关（今四川省泸定县磨西镇），且乱骑四出，寇掠不止。

一时间，成都等地人心惶惶。

事关统治，一副柔弱外表的朱椿性格中杀伐决断的一面立刻显露出来。他即刻上奏，请父亲派遣都指挥使瞿能、同知徐凯统马、步兵一万三千人，由岳父凉国公蓝玉全权指挥，前往大渡河流域进行剿杀。

战事还在进行之中，朱椿就陷入了深沉的思考：蜀地边鄙，民族复杂，稍有不慎，极易引起地区动乱；此外，经过十多年的发展，成都周边已地少人多，民众负担甚重，经世济民之策倘不能尽快出台，蜀地全境的长治久安终究纸上谈兵……

这正是朱元璋的苦心孤诣。在这个雄才大略的开国之君看来，郡县制虽是让大明朝正常运转的最佳行政架构（府管州、州管县、县管万民，皇帝则居于中枢，只需将各府驱于掌心，便可号令天下，一发而制全身），然而官吏们尽是些狡猾怠懒之徒，稍微放松管束，他们就会演变成家鼠，以身求利，虐民纵欲，坏了王朝根基。因此，还得把儿孙们分封到各地镇守，让他们像猫守鼠那样看守着官员。

令朱元璋稍感欣慰的是，分封到成都的朱椿果然比其他皇子更能领会自己的意图。平定番乱之后，这位年轻的蜀王立刻上书，请求确定地方向蜀王府进贡的物品及数量，以尽量减少民众经济压力。在奏折里，他还提出了"以礼治蜀"的构想，并进一步阐述道："（儒学之外）当涉猎佛道典籍，揽僧、道为助，光大寺庙、道观等场所，钦愿皇图巩固，藩屏永康。"

这一年，朱元璋六十二岁了。虽有御医精心调养，但潜藏在身体里的各种暗疾已悄然出发，让他困扰不已。放下朱椿的奏折，他眺望着窗外又一年杨柳堆烟的江南春色，想起正艰苦进行、不知何日方得完成的浩大经卷，叹了一口气，提笔批道："知道了。朕心甚慰。汝在蜀，当继续找寻叔祖为是。"

大约从1372年春开始，朱元璋内心就潜生了一个令自己都激动不已的宏伟愿景：待经卷刻印完毕，要让叔父坐守京师，设坛讲经，令天下僧众都来聆拜听辩。大明朝既已百废俱兴，佛教也该呈现出经出一门、万法归宗的欣盛之景。

他仿佛看到了当年玄奘法师登高讲经的场景。一旁拈须含笑的，当然不是那个自以为出身显贵惺惺作态的唐太宗，而是明察秋毫掌控全局不露声色的自己……

为达到这一目标，1382年，朱元璋下令在南京设僧录司，各府设僧纲司，州设僧正司，县设僧会司，督导僧众行仪并主管考试等事务。

1384年，他又采纳礼部尚书赵瑁的建议，规定对全国僧人每三年发度牒一次，并加考试，不通经典者立行淘汰。

……

转眼十八年过去了。然而眼下，不唯经籍的成书遥遥无期，寻遍天下，叔父也依然杳无消息。朱元璋内心深处，不由生出了几分"殆天数，非人力"的迷惘之感。

2

转眼到了1396年。这年成都一带春旱，入夏，几场雨淋漓尽致地湿了大地，从官到民，人人心情为之一松。这时候，锦官城内水井杨柳处忽然流传起西蜀山中出了一位"蛮娘娘"的异闻来。正值7月酷暑季节，百姓们吃罢夜饭，拖儿带母铺了竹席在街巷边抵足而眠。流萤相逐，蒲扇轻摇，在大人娃儿们的绘声绘色中，"蛮娘娘"的故事不觉随风而去，满城争传。

其后，传言越过高墙，到了朱椿耳边。

有人说："青城三十六峰外，有民身患恶疾。其子上山挖灵芝以延寿，谁知岭壑踏遍，却苦觅无影。（其子）走投无路，在悬崖边放声大哭，正欲纵身跳下，忽然地动山摇，山林间刮起一阵大风，两只老虎从对面岭上飞跑而来，张开血盆大口，他顿时昏死过去。片刻醒转，却闻异香扑鼻，仔细一看，那双虎还守在一旁，身形竟比狸猫大不了多少。见他醒转，双虎睛目里尽显温和之色，张开嘴，剑齿间竟吐出两株千年灵芝来。他正自迷惑，见一慈眉善目的僧人从云雾间缥缈而来，两只小虎随即起身，随僧人冉冉而去，就此不见踪影。他这才恍然大悟，忙跪伏于地。"

有人纠正道："那僧人本是西域得道高僧，云游到西蜀，见山中有常乐寺如珠入峰怀，遂点头称善，入寺驻足。其法力高深，慈悲为怀，修炼时有双虎在旁护法，四方信众为之惊叹。因其从藏地过来，故当地人皆呼之曰'蛮娘娘'。"

有人说……

传言初入朱椿耳中时，他正忙于与峨眉山的僧人来复、释梦观等讲道论文。入蜀之初，他采用师傅陈南宾的建议，从兴办郡学入手，资助清贫学者、革除吏治弊端，又沿锦江边修缮了筹边楼、望江楼、散花楼等，一时上下称善。"蜀人由此安居乐业，日益殷富。"

1395 年，他又延聘名闻朝野的大学者方孝孺为世子师傅，待以东宾之礼，并按其所提建议，或新修，或重建了中峰寺、万福寺等多所寺庙、道观，积极倡导"凡在臣民，悉祈神佑"。为表示礼佛重佛，他多次来到峨眉山，对寺庙常予赐赠，蜀地佛事就此兴盛起来。

"蛮娘娘"的传说起初并没有引起朱椿的注意。六年来，他除殚精竭虑思考治蜀之事外，一直暗中寻访玄叔祖，然而手下人踏遍了远至巴州，甚至汉中一带的深谷密涧，却依然没有半点消息。他已经有些灰心甚至绝望了，好几次差点上书，请求停止这一毫无希望的任务，却又怕父皇恼怒，只好罢了。

转眼到了隆冬，从京师传来消息，称皇上近来连日神情恍惚，言语迟缓。朱椿内心不禁忧虑起来。虽僻处边鄙之地，他对京师的动向却了如指掌。照他看来，倘父皇真有不测，生于1377年的太孙朱允炆无论年龄、才能、心思，恐均难以驾驭其余诸王，尤其那豹眉环眼的燕王，一看就是心怀异志。由于朱允炆父亲（即早逝的太子朱标）与自己乃是连襟，如生变故，蜀藩竟该如何自处？

这让他一连几天忧心忡忡。

这时候，关于"蛮娘娘"的线报呈到了他案上。

与传言相比，青城县的线报内容极为平实，只不过字斟句酌，显见花了一番心思。线报说："'蛮娘娘'确为藏地高僧，云游至青城一带，现已为常乐寺主持，正每日苦修，并扩建寺院，设坛论经，四方僧众辨听后俱示拜服。"公文最后，善体上意的县令还找补了一句，娘娘之意，乃西蜀一带方言，比如自在观世音菩萨，百姓们皆呼之为观音娘娘。

而在随线报附上的一则密函中，该县令小心翼翼地奏道："该僧法号目前虽尚未确知，但似乎名号法仁。如何拿捏，尚请王爷定夺。"

法仁？望着窗外阴沉沉的天空，闷闷不乐的朱椿忽然心里一动。

3

和今天一样，明朝时在四川以外说西蜀，泛指的是成都、眉山、绵阳一带，而身在成都说西蜀，则仅指的是成都以西，沿岷江两岸次第铺开的青城、崇庆、温江等数州（县）。因了都江堰的滋养，此区域水旱从人，历来为成都附近的膏腴之地。

青城三十六峰正巍峨绵延于青城与崇庆之间。一路青山葱岭，寺观林立，香火缭绕。

始建于晋文帝时期的常乐寺却远远地隐身于三十六峰最僻远的凤栖山深处。一条名叫味江的河流将它和红尘泠泠隔开。要进山入寺，得先涉水而过。

即使是在冬天，状若城郭的青城诸峰依然空翠四合，凤栖山尤其幽深。当朱椿一行渡过味江，踏上通往常乐寺的山中小径时，已是黄昏时分。铺满落叶的道路尽头，隐隐传来了寺里轻敲的木鱼声。那一刻，朱椿内心突然产生了一种无比静谧的安详。他缓缓举步，转过弯，果然就看见寺门前那棵静穆的苍松下，一法相庄严的老和尚正盘膝而坐。

风吹过，几粒松针从空中簌簌飘落。

朱椿心里一动，正欲开口，那老和尚却缓缓睁眼，望着朱椿，眉宇间忽然舒展出又欢喜又悲悯的神情来——亲人间的久别重逢总是让人热泪盈眶——多年以后，那缕温热的气息仍从光绪三年《增修崇庆州志》的书页中盈盈地散发出来，缭绕着朱椿与法仁在 1396 年初冬的不期而遇：

> 原悟空祖师（即法仁）是明太祖洪武之叔。在元末英雄各出时出家，在藏得道后，洪武太祖登基时，悟空祖师已于宋始所建之圆觉山开建殿宇，宏兴法会。太祖访之，久未得人。及蜀王游江，访知悟空祖师所在，上奏洪武太祖。

我们已经无从揣度叔孙二人在那个黄昏都谈了些什么，但有一点可以肯定，叔父的寻获让朱元璋并没有高兴多久，很快，他就发现法仁并不为那顶皇家大法师的桂冠动心。

后来的记述闲录在方志里，仅寥寥数语：

> ……然而任凭朱椿如何劝说，法仁只是闭目，口诵善哉。（朱椿）再劝，法仁善哉之声不绝，山林共鸣。太祖皇帝知道法仁已为高僧，不为世俗所动，感慨万千，挥毫写下"纯正不曲"四字赐予叔父，并下诏重建常乐寺。

1416 年，朱椿再次将叔祖父在常乐寺修行一事奏禀明成祖朱棣。永乐帝下旨赐法仁号为悟空，赐常乐寺名为"光严禅院"。

1425 年，曾名朱五六、法仁、"蛮娘娘"等的悟空禅师终于走完了自己的一生。圆寂之后，他肉身不朽，一直保存到1951 年——那年炎夏天坠流火。初秋，山野间突然野火浓烟，喧嚣呐喊声中，一伙人冲上山，将悟空禅师石塔打开，其中一人手持利器戳中悟空禅师大腿，用力一绞拖出塔外。悟空禅师肉身顿时毁碎一地，风化为水。

那正是光严禅院藏经楼里秘藏的《洪武南藏》孤本离去九九八十一天之际。

青山巍巍，白云苍狗。今天，悟空禅师的真身石塔仍屹立于光严禅院最高处——历代祖师灵塔中心。与石塔并存的，还有一张当地人摄于 20 世纪 40 年代的肉身黑白照片。

照片上，悟空禅师眉慈善目，栩栩如生。

四、天禧寺的大火

1

永乐帝朱棣是一个喜欢在暗地里纵火的人。

他的登基，即是从一场大火开始。随后，一丛又一丛诡异的火苗在他高大的身影后躲躲闪闪地摇曳起来，烧得明朝的天空忽明忽暗。

譬如天禧寺 1408 年的那场大火。

《金陵梵刹志》中，有一篇"重修报恩寺敕"，说的正是那场令人疑窦丛生的大火：

> 天禧寺，旧名长干寺，建于吴（三国）赤乌年间，缘及
> 历代。屡兴屡废。宋真宗天禧年间尝经修建。工部侍郎黄立

恭奏请募众财略为修葺。朕即位初，敕工部修理，比旧加新。比年有无籍僧本性，以其私愤，怀杀人之心，潜于僧室，放火将寺焚毁。崇殿修廊，寸木不存。黄金之地，悉为瓦砾。浮图煨烬，颓烈倾敧，周览顾望，丘墟草行。

这是永乐帝在 1413 年的说辞。距他说这番话时，五年前那场大火造就的灰烬早已冷凝成土。

于是，在这篇文告里，他一上来就给僧人本性定了性，说他放火烧寺是为了泄私愤，却又描绘不出是怎样浩大的一种私愤才能让一个每天轻敲木鱼、口诵阿弥陀佛的人干出如此伤天害理之事。但确凿无疑的是，随着那一场暴起的大火，大明第一经藏《洪武南藏》的刻板是灰飞烟灭了。

其实，从攻陷南京的那一刻起，永乐帝的一生就与火暧昧地裹在了一起。那一朵又一朵升腾在历史深处的火焰，时而辉煌了他那可与父亲媲美的"万世不祧之君"的威仪，转瞬却又毫不留情地照亮了他"谋逆不道，惭德亦曷可掩哉"的仓皇脸色。

这仓皇，从 1402 年 6 月，当他指挥大军扑进京师，在皇宫的灰烬中发现几具烧焦了的尸骸时，就从火焰中萌生了；此后，那场燹火的余焰烧得他的脸色越发难看：

（他）将忠于建文帝的大臣如方孝孺、铁铉、景清等四十余人剥皮的剥皮，凌迟的凌迟，灭族的灭族，下油锅的下油锅，如此尚不解恨，又把他们的女眷罚到教坊司当官妓，实行残酷的"转营"（轮流送到军营中）。无辜的女子们每人每日每夜要受二十余男子的凌辱。长史茅大芳五十六岁的妻子张氏被摧残至死，他大笔一挥："吩咐上元县抬出门去，着狗吃了。钦此。"

这仓皇，不经意间让永乐帝内心的虚弱暴露无遗。1402 年
7 月，刚即位一月的他迫不及待地下令抹去侄儿的年号："今年
以洪武三十五年为纪，明年为永乐元年。"也因此，后来的人
们在光严禅院所秘藏的《洪武南藏》孤本上，发现了一处被挖
去的字眼：

　　　大明□□改元己卯春，佛心天子重刻大藏经板，诸宗有
关传道之书制许收入。(《洪武南藏》之《古尊宿语录》卷八)

　　翻开万年历，我们发现，在明代皇帝们改元的各个年号中，
建文元年正是己卯年。那一年朱元璋尸骨未凉。雄才大略的太祖
万万没有想到，埋葬他一番苦心的既不是昔日的功臣，也不是日
夜提防的刁民，而是自己嫡亲的儿子。

2

　　也就是在天禧寺失火的第二年，大内皇宫藏书密阁又遭遇了
一场更加莫名其妙的大火。

　　朱元璋定都南京后，即征发数万民工填湖修建皇宫。绵延
数十里的禁城深处，很快就巍峨起一座收藏了宋、辽、金、元
等朝宫廷藏书的文渊阁。楼内卷帙浩繁。楼面深绿廊柱、菱花
窗门，以绿色琉璃瓦镶嵌作檐的歇山式屋顶上，悉心敷盖了一
层油光闪亮的黑色琉璃瓦。天下既定，藏书四厄，首推火患。
为此，文渊阁前特地挖掘出了一个大水池。秦淮河的活水不舍
昼夜，潺缓注入，水声淙淙。书香之外，更平添了几分皇家书
屋的典雅幽静。

建文帝钤印的《洪武南藏》就分别密藏于文渊阁东、西密室之中。

就是在这样的环境中，1409 年深秋的一个黄昏，又一场莫名其妙的大火降临东室。待赶来的太监们大呼小叫地扑灭火焰时，《洪武南藏》终于被烧成了今天珍异的国之孤本。

3

1412 年，也就是在文渊阁失火之后三年，永乐帝下令雕印汉文《大藏经》。他威严的声音从紫禁城金碧辉煌的殿宇中穿出，回荡在大明王朝的无数寺院之上，震荡得山野间、市集上无数种田、捕鱼、打铁、卖菜的小民们精神一振。

这是大明永乐朝精神生活的一件大事。奔逐相告中人们似乎已经忘记了几年前被大火烧得下落不明的建文帝，忘记了洪武爷也曾同样下令刻印过这部大慈大悲救苦救难的佛经。

这一次的雕印工作进展得异常迅速。

五年后，即 1417 年，这部后来被称为《永乐南藏》的经卷便堂皇地摆到了南京及附近的一些重要寺庙中。它规模巨大，全部经版共 5760 块，全藏共 635 函，6331 卷。《金陵梵刹志》载：《永乐南藏》每印刷一次，需用纸 110526 张（包括全页纸 107782 张，半页纸 2744 张）。它流传最广，刻成不久，永乐帝就下令将其开放供全国寺院自由请印，而且鼓励俗界信佛之人如有需要，也可单独请印其中部分经卷。善男信女们顿时纷至沓来，以致经常被请印的部分经版甚至被刷得成了脏污不堪的"邋遢版"。

数百年来，《永乐南藏》到底印了多少部，已难以统计。据说，当时仅著名的三宝太监郑和就先后请印过十部，遍舍给天下名刹。绵延到今天，国内所收藏的《永乐南藏》全本也还有十部之多。

在佛光的映照下，永乐帝身后那些鬼鬼祟祟的火光似乎消融了。他的声音柔和得令人想哭：

朕主宰天下，轸念群生，弘体慈悲，发欢喜心，间取诸佛如来、菩萨、尊者名号，著为歌曲，广布流通，俾从受持讽诵，积善修因，以共成佛果，日臻快乐，此朕一视同仁之盛心也。（《御制诸佛世尊如来菩萨尊者名称歌曲后序》）

然而，有一个幽影还在他辽阔的疆域上游荡，让他隔三岔五地上火、惊梦、发脾气。

五、深山藏古寺

1

路傍古时寺，寥落藏金容。
破塔有寒草，坏楼无晓钟。
乱纸失经偈，断碑分篆踪。
日暮月光吐，绕门千树松。

　　这一首五绝，乃是晚唐哀帝时隐居在凤栖山白云深处的诗人唐求所作。诗中的古寺，即是指光严禅院。

　　唐求是个异人。他放着好好的青城县令不做，不买田，不造屋，每隔十天半月便骑着自家青牛慢悠悠往来于青城、临邛之间，访师求道，诵经听琴，往往至暮醺醄而归。方志上说，他非其类不与之交，写诗每有所得，不拘长短随手记下，成诗后即揉成纸团投入随身携带的大葫芦瓢中。因此也被后世称为"一瓢诗人"。

　　晚年卧病时，这位"一瓢诗人"把伴随一生的诗瓢投入味江之中，叹道："此瓢倘不沦没，得之者方知我苦心耳。"随后飘然而逝。

光严禅院一角。袁建摄

1416 年秋，正当锦官城内桂子飘香时节，朱椿忽然接到了来自南京的一封密函。纸上除"一瓢诗人"的这首诗外，再无只言片语，然而朱椿阅后却脸色大变，撇下正饮酒赏桂的一众后宫佳丽，匆匆离去。

初冬，永乐帝突然降下口谕：敕赐常乐寺名号为"光严禅院"，并赐半副銮驾、两口皇锅，以及龙凤旗、琉璃瓦、《初刻南藏》（即《洪武南藏》）佛经一部和印度梵文贝叶经《华严经》一部。又敕赐法仁名号为悟空。

车辚辚，马萧萧。御赐诸物随即在严密的护送下，伴着江南初冬的第一场雪，往西蜀悄然进发。

《洪武南藏》真容一角。袁建摄

为恭迎御赐经卷，经蜀王府倾力资助，光严禅院迅速在半山腰新起了一座飞檐翘角的藏经楼，楼内修藏经车一座，两旁殿宇叠错。昔日旧墙老瓦的寺院顿时黄瓦红墙，从山脚绵延到半山腰，后来便分为上、下禅院，繁密的木鱼声满山回响。

这一盛景，清嘉庆十八年（1813）的《崇庆州志》中是这样记述的：

> 永乐十四年，蜀献王奏请，敕赐"光严禅院"，盖琉璃瓦。赐经文一大藏，计六百八十四篋。中竖藏经车轮，额曰："飞轮宝藏。"

民国十四年（1925）所修的《崇庆县志》更进一步描绘道：

> （于是）经楼严肃，咨诸护法……红泉含影，青莲吐芳。

世间唯一的这部《洪武南藏》就这样被不可思议的命运之手辗转遭到了山岚缈缈、白云悠悠的西蜀光严禅院。从1371年除夕萌生于朱元璋的梦里，历经蒋山寺迁址、朱元璋离世、建文帝秘藏、永乐帝夺位……大明王朝半个世纪的烈焰已蒸腾烧灼得它伤痕累累。

然而它始终三缄其口。当它终于抖落一身风尘，从风刀霜剑严相逼的皇皇禁宫逃逸进这一片静谧的山林时，一定长长地松了一口气。它已经太累了，只想安安静静地憩息身心，听一听鸟鸣、雨滴、花落，然后在久违的佛号声中沉沉睡去……

它本来就是从清凉的世界里来的，历劫之后，终于回归了清凉——唯我佛慈悲——在清凉的那端，应得的那份大温暖正静静地等待着它。

所谓祸兮福兮。很多时候，悲欣间真的只隔了一层薄纸——人如此，书亦如是——1416年深冬的那个黄昏，当孤苦无依的《洪武南藏》随着马蹄嘚嘚，从落叶满地的山道上缓缓拐进光严禅院山门时，一双温暖的目光就定定地跟随了它。

那是悟空禅师的眼睛。

此后，那目光里的满腔慈怜将化为不朽的肉身，与它朝夕相伴——直至五百三十五年后，它离开，然后，肉身逝去。

2

就在《洪武南藏》与悟空禅师相遇时，山外，以它为底本刻印的《永乐南藏》正风行于世。而在它好不容易才逃离的紫禁城里，有一双眼睛正冷厉地监视着它。

这目光，据说和建文帝有关。

在1402年6月的大火中，当太监们指着地上那几具面目全非难以辨认的骨骸，说是建文帝等人的尸体时，朱棣的内心是暧昧不明的。明史里说："（建文）遂阖宫自己焚燃。上（即朱棣）望见宫中烟起，急遣中使往救，至已不及。中使出其尸于火中，还白上，上哭曰，果然，若是痴呆耶！"

为侄儿假惺惺地洒了几滴泪后，朱棣开始为自己辩解了。登位后，他在给朝鲜国王的诏书上这样说："不期建文为权奸逼胁，阖宫自己焚燃。"（《明实录·太宗实录》）

然而史书的缝隙里却影影绰绰地透露出这样的信息，让人们至今仍遐想不已："上（建文帝）入宫，忽火发，皇后马氏暴崩。程济奉上变僧服遁去。燕王遂入宫。因指烬中后骨以为上。"

指认尸骨之后第八天，约 1402 年 7 月初，朱棣听取了学士王景的建议，将那几具无法辨认的尸骨宣告为建文帝、马皇后及太子，按皇室之礼予以了安葬。

对于失败了的英雄，人们给予深深的同情。永乐帝登基之后不久，各地开始纷纷晃动起建文帝模糊的身影来。譬如明万历年间的《钱塘县志》这样记载："东明寺在安溪大遮山前，建文君为僧至此，有遗像。"明代的钱塘县即今杭州市余杭区一带。今天，一副对联仍悬挂在该寺大雄宝殿前：

> 僧为帝，帝亦为僧，一再传，衣钵相授，留偈而化；
> 叔负侄，侄不负叔，三百载，江山依旧，到老皆空。

在众多的传说中，数光严禅院的情节最有声有色：

当朱棣兵临皇宫，烈焰冲天之际，建文帝忽忆起先皇所授铁箱一口，遂开箱求法。箱内备有剃刀、袈裟，另有一信指出有一秘道直通宫外，并注明秘道入口，建文帝遂只身从秘道逃遁。

出宫之后，建文帝四顾茫然，慌乱中奔跑到一条河边，遂上船随水飘零。后辗转来到西蜀青城三十六峰深处的凤栖山常乐寺，投奔曾叔祖法仁避祸。

数年后，当东厂暗探追踪而至时，建文帝已迅速逃离。在他住过的禅房墙壁上，题了一首诗：

> 沧落西南四十秋，萧萧白发已盈头。

> 乾坤有主家何在？江河无声水自流。
>
> 长乐宫中云气散，朝元阁上雨声收。
>
> 青蒲细柳年年绿，野老吞声哭来休。

又过数年，建文帝辗转滇、黔、巴等地后，再次回到了常乐寺。这时的常乐寺已更名为光严禅院。在悟空禅师劝导下，建文帝把自己关进了藏经楼里，苦苦寻求解脱之道。青灯下，黄卷中，昔日九五至尊已如梦如烟，建文帝感慨万千：

> 阅罢《楞严》磬懒敲，笑看黄屋寄团瓢。
>
> 南来峰岭千层迥，北望天门万里遥。
>
> 宽缀久忘飞凤辇，袈裟新换衮龙袍。
>
> 百官此时知何处？唯有群鸟早晚朝。

在《洪武南藏》浩繁经卷的启示下，建文帝终于潜心向佛，此后便再未离开光严禅院，圆寂后葬于后山。

或许，这传说的来源不仅因为朱椿是建文帝的姨父，也因了悟空禅师的渊源，更因了方孝孺的那番话："燕王兵急。孝孺告帝曰今天下惟蜀王不背朝廷。其地四塞，今决一死战，不利，则收士、幸蜀，万一可图也。"

天地悠悠。建文帝的传说至今仍缥缈在凤栖山一带，模模糊糊，真假难辨，就像那山间幻变不定的雾岚。

如果这位悲情皇帝真的在此度过了最后的岁月，那其实是他灵魂最好的安息。不信你听，那白云缭绕的凤栖山间，千百年来一直随风飘荡着"一瓢诗人"潇洒的歌吟："君不见，自古帝王多罪孽，怎胜清风润人间……"

3

静静地享受了两百年的太平后，《洪武南藏》再一次遭受了兵火之灾。此后三百年，山外彻底失去了它的消息。

这一次，大火发生在甲申年。

最初的消息是，北京城里崇祯皇帝吊死在了煤山。然后，整个中国都着了火——清兵铁骑从山海关外黑压压冲进中原，开始了惨绝人寰的大屠杀——扬州十日、嘉定三屠、昆山之屠、江阴惨杀、常熟之屠、湘潭之屠、南昌之屠……

扬州城中，"诸妇女长索系颈，累累如贯珠，一步一跌，遍身泥土；满地皆婴儿，或衬马蹄，或藉人足，肝脑涂地，泣声盈野"。

嘉定城里，"市民之中，悬梁者，投井者，投河者，血面者，断肢者，被砍未死手足犹动者，骨肉狼藉"。清军将汉人妇女"日昼街坊当众奸淫"。有不从者，"用长钉钉其两手于板，仍逼淫之"。

昆山城被"杀戮一空，其逃出城门践溺死者，妇女、婴孩无算。昆山顶上僧寮中，匿妇女千人，小儿（啼哭）一声，搜戮殆尽，血流奔泻，如涧水暴下"。

……

光严禅院遭受的则是张献忠大军的焚火。1644 年八月初九，张献忠大军攻克成都。朱椿的第九世孙、末代蜀王朱至澍投井自杀。随后，张献忠大军西出成都，一把火烧了青城、温江等州，然后渡岷江，直扑崇庆州，知州王励精在烈火中触刃而死。

青城三十六峰寺庙、道观都被兵火焚毁。光严禅院虽境况稍好，也处处残垣断壁："入后甲申大变，余殿无存，惟藏经车、藏经楼未遭灰烬外，琉璃瓦犹多存积，悟空法像犹如故也。"

张献忠的大军最终止步于莽莽苍苍的龙门山脉下。他望了望成都西北边那悲愤挺立的群山，回过头，在成都余烟缭绕的废墟上沐猴而冠，称帝过瘾，然后大开杀戒。

命运既已让《洪武南藏》入了山林，当蜀王自杀的消息传来，名为海牛法师的住持立刻率领寺内众僧肩挑背扛《洪武南藏》，奔赴汉藏边境的雅安天全县善居寺，万千惊恐之后，总算替哀哀无告的人间存住了那孤苦经卷、慈悲种子。

多年以后，在描述这次生死存亡的大迁移时，海牛法师印象最深的却不是肩上经卷的沉重、脚步的惊惶，而是从凤栖山到大雪山善居寺的山道上，始终月色猩红，映照着四百余里山色林木由青翠入苍黄，再至雪色苍茫。

六、万物皆有因果

1

二十二岁之后，吕澂终于醉心佛学，开始了对佛教经籍版本的勘验、比对。

在此之前，这个江南青年的理想是做一名美术家。1915 年，被刘海粟聘为上海美专教务长的他注意到了宗白华提倡的"生命美学"，极为振奋。三年后，他在《新青年》第六卷发表了名为

《美术革命》的文章，引起陈独秀热烈反响，随即卷入了国内美术界"国粹派"与"革新派"的论战旋涡之中。

其时境外列强环伺，国内则军阀混战，民生凋敝。内心的挣扎苦痛终于将身心俱疲的吕澂引向了佛禅的空澄之境。1918年，著名佛学居士欧阳竟无准备在南京筹办佛学院"支那内学院"。吕澂应邀协助工作，从此专心佛学研究，终生不逾，得了一个绰号"鹙子"，那是释迦牟尼佛座下"智慧第一"弟子舍利弗的汉译名字。

1937年春，抗战烽火逼近南京。吕澂随学院迁移到四川江津县。将士们在前线抗敌，吕澂在昏暗的油灯下废寝忘食地比对、查勘历朝以来的佛学经卷："有亡国，有亡天下……易姓改号，谓之亡国。仁义充塞，而至于率兽食人，人将相食，谓之亡天下……天下者，中国文化也。只要文化不灭，中国就一定不会亡！"

怀着这种悲愤激越的心情，学院专设了"访经科"。1938年初，日寇在南京大屠杀中令人发指的罪行陆续传来，悲愤莫名的吕澂更加尽全力搜寻散落在各地寺院、民间的佛学典籍。这一天，他收到了一个名叫释潜遵的和尚专程从数百里外寄来的厚厚一本经卷抄目摹样，随信还附了一句话："国难当头，请为我中华佛学保存一缕血脉！"

1938年秋，一条惊人的消息传遍了全国：在西蜀深山中沉睡了五百二十二年的佛宝惊现尘世！

在后来名扬四海的那篇名为《南藏初刻考》的文章中，吕澂先生经过缜密的分析，考定数百年来一直藏身于西蜀凤栖山中的那部典籍就是遁世已久的《洪武南藏》。他写道：

明南藏始刻于洪武间，版成旋毁，后世未尝见其本也……
天禧寺以永乐六年焚，崇殿修廊悉为瓦砾，经版当随以俱烬。
厥后重修寺宇，改称报恩，藏经亦改编复刊，故明初数十年
间大藏得有两刻也。初刻流传极暂，后世所见南藏皆永乐本，
而又误认为洪武时刻，遂无知两版异同者。

2

　　如果不是吕澂，光严禅院第四十四代住持灯宽老和尚或许一
直也不会知道，自己每年都要在阳光下翻晒的那数不清的经书竟
是人们找寻了五百余年的、中华佛经里的国之孤本。

　　在漫长的年月中，《洪武南藏》渐渐失掉了自己的名字。
不知什么时候起，寺里的僧人们开始把那浩繁的经卷简称为经、
经书；如果遇到较为重要的场合，他们则又有些自得地宣称，
自家藏经楼里有着明朝的龙藏。龙即是皇帝的意思，意思那经
书的来头与大明的皇帝们有着关联。然而任是谁也说不出个子
丑寅卯来。

　　尽管如此，一代又一代的僧人们每年夏天都会庄重地参与到
寺庙的最重大的仪式——"翻经"中。那方法极为原始，趁阳光
正好，把经书们从藏经楼里一担一担地担到大殿前的空地上，铺
上一层慈竹编制的晒簟，然而用烟熏过的特制竹片一页一页地翻
（不能用手，因为怕手出汗）。有重页和漏页者一旦发现，得去
悟空禅师肉身灵塔前低头，合十忏悔。待经书一页页晒透后，再
仔细将防蛀的叶子烟夹到每一卷经书中。

　　每翻一次经，就要耗去几乎整个的夏季时光。并且，光是叶

子烟就需要去山下采买几百斤。

　　从七岁起就在光严禅院出家的灯宽记得，翻经季节，每每忙完一天的晾晒时，已是落日时分。金黄的夕照中，晚课的暮钟悠悠敲响了，抬起头觑眼一望，梵天里都是荡漾的钟声……

　　转眼到了1951年。这一年，正在北京忙于"中国佛教协会"筹建工作的吕澂特别繁忙，然而他一直念想着那远在四川的《洪武南藏》。新旧更迭，全新的社会对珍贵的佛教典籍有了与千百年皆由寺院保存不太一样的做法。他听说像新成立的扬州图书馆已经将一部完整的《永乐南藏》请进了设备良好的古籍珍本室，心里隐隐有了兴奋的预感——历尽劫波之后，《洪武南藏》终将功德圆满。

　　7月，从成都传来消息：1951年6月的一天，四川省崇庆县首任县长姚体信根据县志记载，亲临光严禅院，直奔藏经楼，在楼中认真翻阅、察看了《洪武南藏》后，出来表示：因为土改政策，住持灯宽已被划为大地主，光严禅院众僧人面临遣散，寺中已无人力财力能保存如此卷帙浩繁的国宝。

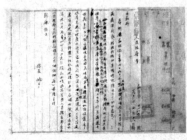

1950 年首届崇庆县政府给省上的　1950 年川西行政公署批复。袁建摄
报告。袁建摄

　　姚县长当即命令封闭藏经楼，将经书装箱，随之派人请省里的文物专家进行鉴定。随后，县里征召了上百名挑夫，把重达三吨的佛典一路担到成都，放入了四川省图书馆永久存放。

　　2003 年暮春，在与来访者谈到此事时，历经坎坷，重又回到修葺一新的光严禅院担任主持已近二十年的灯宽感慨道："这姚县长是护法金刚转世吧？一般当官的可没这种觉悟。"

　　然后他顿了顿，叹道："万物皆有因果。"

3

　　佛曰：成住坏空，人生短长，并无别事。

　　释《大藏经》三字：大，穷天地之极致，无所不包；藏，一切佛教经书；经，梵文 sutra，意为"贯穿"，中文引申为常，即永不散失。

　　（动笔于 2015 年 12 月，时四川省图书馆新馆落成，镇馆之宝《洪武南藏》正公开展示；2016 年 3 月，五次修改后完稿。）

附:

周国长与悟空禅师坐像照片（口述实录）

相传，明朝开国皇帝朱元璋的叔父，也就是悟空法师，隐居于街子，出家为僧。据传当年悟空法师不远万里从西藏挑了两口皇锅回到街子凤栖山古寺。他放下皇锅，将扁担插入地下，盘腿坐地，阖然长逝，肉身成佛。插在地上的扁担也长成了两棵参天大树。悟空法师肉身坐像口含宝珠，佛相端详，千古不败，被供奉于禅院内的佛堂之中。但几经沧桑，法师肉身像已被毁去，实在让人痛心，好在还有肉身相片存于世上。

说到这张弥足珍贵的照片，就不得不说到街子古镇老街上的周记长春荣茶行。

这张照片，是我爷爷周国长（字殿侯，1910 — 1989）拍摄的。

以前的街子只有一条老街，老乡们都是以街为市。采买生活用品都在老街上，我们家世代经营茶叶店，老店主做事厚道，乐善好施，山上僧人下山采办都喜欢在茶号歇脚，喝茶，论佛理。久而久之，与僧人们结下了深厚的佛缘。我爷爷还将自己的大儿子也就是我大伯送到古寺，由当时的大和尚道全法师教授书法、乐器。

大约是 1942 年还是 1943 年的样子，有一天，店里来了个年逾百岁的云游僧人，与我爷爷相谈甚欢。他告诉我爷爷，自己拜过全国许多寺庙，只在古寺见到了唯一的一座肉身佛像，这是稀世珍宝。他不无担忧地说，这种佛像体内会有一些稀有宝贝。比如防腐宝珠之类，就是法师自身的舍利子也是相当罕见，听说已有宵小之徒在打法师肉身像的主意了。他告诉我爷爷能不能想个办法，最好照个相片保存法师真容，以防不测，这是无量的功德。僧人这一番话深深地打动了我爷爷。于是他思量再三，狠心贱卖了一批好茶，筹措了三百个大洋从省城请来了摄影师，那时候只有省城才有相馆。由于光线不足，便与当时的主持大师商量，揭开了禅堂屋顶的瓦片，这才拍摄下了这一张珍贵的悟空法师肉身佛相。

后来，法师肉身果然被毁于一旦，寺庙也被破坏了大半。爷爷更是一直小心翼翼地保存着法师肉身佛相。后来有人准备去西藏经商，不知道从哪里知晓了我爷爷保存有法师宝相，准备出高

悟空禅师肉身相。周奎提供

价来购买，被我爷爷婉拒了。"文革"期间，红卫兵多次来搜家，说要"破四旧"，家里值钱的东西都被搜刮干净了。就连我奶奶去卖几个鸡蛋都被说是要割资本主义尾巴给没收了。爷爷也被多次批斗，受了不少罪，家里更是过得相当艰难，爷爷还是苦苦坚持了下来，就连家人都不知道爷爷怎么保护的法师宝相。

直到改革开放，宗教信仰得到了保护和发展，古寺大和尚灯宽法师回庙主持。为了恢复悟空法师禅堂，也是多方筹措，四处奔波。这时我爷爷已经卧床不起，心中一直挂念着他珍藏了几十年的悟空法师坐相。听说灯宽回庙主持，马上叫子女请来大师。看到灯宽主持后，长叹了一口气说："现在，是时候物归原主了，请悟空法师重见光明，回归宝座吧。"灯宽大师无限感动地说："我一定把你的名字写在佛祖宝相旁边。"我爷爷摆了摆手，淡淡地说："我不求名，不求利，你把佛祖像重塑好了，让我去瞻仰下就够了。"

后来，在我爷爷弥留之际，灯宽大师从外地赶了回来。他手捧悟空法师肉身相，口中念着《金刚经》，超度了我爷爷，并召集了寺院所有高僧为我爷爷做了几天道场，也算功德圆满了吧。

讲述人：周奎

（崇州市街子古镇周记长春荣茶行第四代传人）

大风起兮

我故乡四川古蜀州黑石河两岸旧时出产"棒客"。

那时我刚落草到人世，一睁眼，就看见村庄里许多佝偻的雄性背影。他们背脊朝天，面孔向下，古铜色的腰身被一根根无形的绳子缚住，行进在麦子、油菜与稻谷交替起伏的田野上。在城市的目光之外，他们沿着日、月、年蚁行，而时间又被生产队队长锁在自家屋顶上的高音喇叭里。太阳露头，喇叭里一声令下，他们就从一座座草房或瓦屋中出来，手中挥舞的农具随季节变换，或为长锄，或为短镰，或为颤悠悠的桑木扁担；月牙东升，喇叭里悠然一声唤，他们就歇了活，齐刷刷登上蜿蜒田埂，隐入炊烟四起的黄昏。

然后糙米飘香，万家灯灭。

然后人间鼾声四起，天上星辰微茫。

似乎日子就这般寡淡流淌，然而他们却会猝不及防地大吼——倘村里死了牛、日子突然有了酒，倘酒又是夕阳下新收的殷红高粱加老曲所烧酿，一口入喉，清贫的心肺间顿时被杀得火烧火燎。灼到高处，他们就如一串拴在绳上的蚂蚱，迷魂般依次游进黑夜，齐聚到村头的大树下，对着天上的月亮歌哭笑闹。然后，一曲歌谣地老天荒般响起：

成都府的老爷不公道

杀了他的马烧了他的庙
……

月光如发了大水，猛烈地泼下来。歌声唱得四周树木纷摇。有人索性就从地上抓起泥来，乱糟糟抹到脸上，继续唱：

雷煞火我如今坠了地狱道
泪纷纷悔当初提了刀
进分州、踏怀远
入马岱墓却不辨四方
……

那是 20 世纪 70 年代初。我的父兄们被时代捆在贫瘠的土地上，日子过得嘴里淡出无数鸟来，心里闷了一股气，就借着酒性，以这一曲"三叹雷煞火"舒展心胸。现在回想起来，这时而高昂时而悲凉的谣曲以其烈酒般的铿锵、泉水般的哀婉极大地疗治了故乡体内潜生的暗疾，让父兄们安然度过苦闷年代，十多年后即迅猛投身到分田到户的热潮中，功莫大焉。

然而那时的我并不知道，这唱词里竟藏了一个惊心动魄的盗墓故事。

这故事，发生在民国二十三年（1934）初秋，川西平原上著名的怀远古镇。

二

四川别称蜀。黑石河数十里滔滔大水，似潜伏之蟒，缠绕在古蜀州边缘。那古蜀州居于川西平原腹心地带，隔了一条莽莽岷江，与锦绣成都遥遥对望，号称"蜀中之蜀"。在这片不大的土地上，按高低依次起伏着山、铺展着原、涌动着河。翻开发黄的县志："（古）蜀州，唐武则天垂拱二年始有建制，其地貌山四、水一、田五。"山如奔，方圆百里莽莽苍苍，墙一般横亘在高原和平原之间。翻过最高处一座终年泛白的雪峰（据说峰谷中蜿蜒着一条鸦片秘道），就到了飘袅着牛粪炊烟的藏羌地带。由雪峰渐次矮下来，依次是鹿顶山、牛池山、鸡冠山……待山走完，那平地里却巍然矗立起一座关隘，门楼高耸，瓦脊密连，烟火如聚，形如虎掌，紧紧扼在平原通往山地的咽喉上。为安抚那群山深处随时有可能俯冲下来的蛮族们的马蹄声，庙堂之上的肉食者们绞尽脑汁，终于从《中庸》找到了依据："柔远人也，怀诸侯也……柔远人也则四方归之；怀诸侯也则天下畏之。"遂为其定名：怀远。

名字取定，整个成都平原都似乎松了一口气。康熙年间的《蜀州志》在其《关梁》篇中回顾怀远往事，悠悠追溯道："（该）地接壤吐蕃，唐时出没不常，高一关以御之，则怀远镇所由名也。"

确实，它生来即是大风起兮之地。察其渊源，那绵脉千年的血缘源自汉家政权最初的边患意识。公元 312 年，西晋怀帝永嘉六年，朝廷下令分蜀郡江原县（辖地为古蜀州全境）地，置汉原郡，下辖汉原县，将其郡治和县治都设在今日的怀远古镇方圆约一平方公里的土地上。历史上，怀远镇第一次独立出来，以其镶嵌了片石的黄土所筑成的高大城墙和城墙四角冷峻高踞的箭楼，据守在成都平原边陲。一千多年来，它如一块浮在历史长河尽头的飞地，头上始终一轮残阳如血。西风残照中，常听见从山中冷不防发射出来的箭镞的呼啸声，与不远处古蜀州城里唐风宋韵、衣袖婉转的金缕曲形成了鲜明对应。

怀远古镇之"分州牌匾"。作者摄

而在它的护佑下，由夏入秋，由冬入春，每每黄昏时分，在平原上劳作的人们抬起头来，第一眼看见的，就是那巍然耸立的古镇身旁被落日烧得红彤彤一片的几座山峰。它们峰峦如聚，与平原挨挨擦擦，隐约成凹凸的元宝形状。人们渴望太平盛世，盼望这古镇固若金汤，为每一缕炊烟、每一处房屋隔开兵火，便将这一片山峦取名为太平山。

那唱词中的棒客雷煞火所盗挖的马岱墓，就藏在太平山幽深的腹中——因为，比汉原这个名字更早抵达怀远的，乃是生于西凉长于西凉的蜀汉政权刘备帐下大将马岱。

三

许多年以后，浑身长满了各样传说的怀远镇已形如一艘古船。那一溜尖尖的船头翘起来，直指向藏、羌族群繁衍生息的莽莽苍苍的群山方向。

倘若你从平原方向过来，首先映入视野的，是一大片鳞次栉比的瓦屋和楼房依偎在高大的四座城门下，沿一条大河右岸款款铺开。晴朗的日子，倘风又在河面上行得不疾不徐，便有树桩一般敦实黝黑的山民荡着竹筏，从鹿顶山、牛池山、鸡冠山深处大大小小的村落间慢悠悠地顺河而下。颤巍巍的竹筏通过鹞子崖，行数里水路，便缓缓到了怀远镇身边。到江边一栋栋吊脚楼下，山民们便将筏系了，挽着高高的裤管，肩膀上挑了山货，赤脚踩在跳板上，颤悠悠地走上了高高岸边青石板蜿蜒的镇街。

镇街早已热闹纷繁。漫长的民族交融中，血与火的纷争终究敌不过人们对于和平的向往。当箭镞声远去，昔日关隘的交通优势便成了一处至为重要的商道：背靠着莽莽苍苍的千万座山头，山中木材、药材、皮革资源丰富；坝区清油、稻谷年年丰收。在漫长的历史演变中，怀远镇作为山区与坝区间农副土特产品的集散地而长久兴盛着，镇上纵横交错的二十多条大街小巷布满了绸缎铺、茶行、竹编行、油行、药铺……

当地谚云：搬不空的怀远。至乾隆年间，昔日的边关隘口怀远已演变为拥有东西南北四条主要街道、小巷院落密布、蔚然成景的大镇。光绪年间，街道增至八条。此后，庙宇、宗祠、会馆、教堂等络绎踏来。迈进民国，全镇大小街道达二十一条，其中小北街、南街、下新街、正西街、临江街等特色尤具，绝大部分房屋均按《清代工部》法则建造，穿斗结构，临街摆柱，廊楼结合，青瓦白墙。

那时候，镇上的笔墨也已兴盛起来。文治与武功总是人类社会的两极，一弛一张，书写着悲欢的篇章。"六街灯火连文井，汉原花影满琴堂。"正是读了诗书的人们对家乡的赞誉。只是，人们不知道，或者了解却不愿意去张扬的，是这昔日边关的繁盛，皆因了一河、一人、一塔"三宝"的护佑。

一河，即文井江。

文井江与古蜀州并生，其源头在州境内与羌地接壤的大山深处。说来也怪，那文井江在山里一路怒气冲冲，恨不得把阻拦它的千山万岭都一股脑儿冲垮。其波浪滔天的架势，其声如吼雷的声势，让人不禁为怀远下方平原上的人们深深地担忧不已。尤其是站在出山口边高高矗立的鹞子崖上，朝左手边一看，脚下是急流而来的巨浪，被两岸的高山死死夹住，一线白水如离弦之箭一般；往右手边一望，只见宽广无限的平原上，两岸无遮无拦，一线白水漫得无边无际，似乎要将整个川西平原都冲到了海里去！

可是天生万物，一物降一物。一旦脱离了群山的阻挡，那急躁的文井江竟然一下子就变得乖乖听话起来，流过那又高又陡的鹞子崖后，面对着眼前一马平川的百里平原，文井江却突然失去了气势，变成了一条宽厚从容的大河，依偎在怀远古镇身边，波澜平稳，缓缓而行，那架势，活脱脱就像一个进入了中年的男人：见惯一切，波澜不惊，只是默默地向远方赶去。

出鹞子崖，绕到怀远镇外，对着一坝高高耸起的土丘，文井江缓缓转了个弯，水势愈加深沉。

土丘上，矗立着一塔如柱。

那塔有个名字，就叫作洄澜塔。塔高十三层，内置旋梯，可以拾阶而上，登到最高层一望，但见远处群山如黛，层林青幽，人如矮树，一片片的村子上空，随风袅起一缕缕青灰色的弯弯炊烟。如果是炎夏的黄昏时分，向前方望去，就可以清晰地见到鹞子崖那火焰一般赤红的硕大崖壁。迎面处，文井江一河白水急涌而来，又缓缓折向田畴起伏的远处。

关于这塔，有这样一个传说。清道光年间，善看风水的冯权任怀远古镇"县佐"（因地位重要，怀远行政级别与县城蜀州相同），他认为怀远屡遭火灾，需在镇东文井江畔建塔，借文井江水回流克火，遂倡导组织集资修建洄澜塔。于是，历经三届"县佐"，花十五年时间，于同治五年竣工，塔高 39 米，底径 7.5 米，六角攒尖，九级密檐式，塔面层层开窗。洄澜塔塔身内由四根实心柱围成内外室，以拱门通内外，无须凭窗即可遥望塔外风光。

室内中心孔，层层垂直至底，仰望似一苍穹，是川西地区仅有的风景。外室五十级踏道可顺时针盘旋至顶。底三级内壁有龛，龛为三叠檐楼阁式，龛内原有神像，壁上墨绘渔鼓简板、剑、笛、眉、花篮等碑谓"暗八仙"以及山水花草等。三级以上皆为素壁，登塔眺望西北群山，云缭雾绕，山峦起伏，南望则平畴迤逦，遥接天际。

几乎与洄澜塔遥相斜对的，正是马岱墓。

洄澜塔。袁建摄

回澜塔内景。袁建摄

四

　　那隆起的整个太平山几乎都是马岱的墓葬。《崇庆县志》里说："子龙葬（四川大邑县）银屏，马岱葬太平。"出怀远镇，东行约四公里，就到了太平山。山峦聚成凹凸之形，数条峰线毕露的山脊却呈蛇形走势，缠绕于无根山余脉，烟岚起伏于前锋村境内，恰如护卫着古镇的天然屏障。

　　我去的那刻，正值2016年暮春的一个黄昏。踏入浅草覆盖的山谷间小径，头顶烟云淡淡，整个山野间漫天笼来爽眼爽心的菜花香。一小块一小块绿得发黑的小麦地镶嵌在山坡上一大片金黄的菜花之间，随风摇曳。风过去，淡云翻涌处响起几声布谷鸟的鸣叫。

　　听说我要寻找马岱墓，当地人站在山脚下一块已萌覆了一层新绿的秧母田边用手一指，说，看，就在那山肚皮里头装起的，谁也没进去过。

　　我顿时来了兴致，心中电光石火般掠过一段文字：马岱殁，以山为坟。其墓室在太平山麓上端，从山脚挖隧道建造在山腹之中，至今具体位置难测。

　　随即，我耳畔响起了一声声孩子们的传唱：

　　　　五丈原上秋风起，太平山中马岱藏。
　　　　左三步，翻兵书，右六步，挖财宝。

那是在黑石河畔，我故乡的孩子们一代又一代在村落间的大槐树下所传唱的一首民谣。这民谣中弥生的清脆之音与汉子们雄浑奔涌的巨吼交织在一起，震颤得空气一阵阵发烫——

> 我雷煞火只身刚入那墓道
> 转眼间天怒雷响
> 想再回人间门却已地远天遥
> 娘亲呀，你此后莫把儿念想
> ……

唱词再次响起。我闭上眼，看见了一群人从 1934 年 9 月那个风云翻卷的黄昏中迎面走来——

这是怎样的一群人啊！装束不仅奇特，而且简直就是五花八门——有着长衫的，有头戴瓜皮小帽却打着士兵绑腿的，还有身着夜行衣的……这队人共约二十来名，每个人手里竟然都拎着一把锄头，衣服下面鼓鼓囊囊的。领头的是个年约四十的壮汉，步伐矫健，目光里却分明透着一股贪婪与残忍，手中还拎了一把奇怪的工具：那工具长约一米，一半是圆柱形的铁铲，一半是圆手柄。微茫的夕照中，锋利的铲口泛着冰冷的光芒。

那正是雷煞火和他所纠集的一群盗墓者。

不知什么时候，一弯秋月已在太平山顶露了出来，远远望去，像悬了一朵暗红的火焰。四周黑云暗涌，林木森然，似有一场铺天盖地的黑雨即将倾覆而下……

后来的记述模糊闪烁在太平山下几个老人散发着叶子烟气

息的龙门阵中：那次由黑石河边著名的棒客雷煞火纠集外地盗墓者、几乎是半公开的掘盗行动，最终被一场倾盆而下的黑雨蹊跷阻止。在老人们口中，这场黑雨整整下了一个昼夜，风高怒号，平地起水，本就隐没在萋萋荒草中的马岱墓入口更加无法辨寻。雨停后，棒客们清点人数，发现唯独少了手持洛阳铲的棒客雷煞火。半月后，有放牛娃竟然在白塔山山脚一处僻静的山洞里，发现了雷煞火已枯瘦如柴的尸体。那把洛阳铲依旧紧紧地攥在他手里，对所经历的一切沉默不语。

那天晚上，我在太平山脚下见证了已被城市生活冲击得七零八落的乡村生活中久违的一幕：

讲完盗墓者的故事后，老人们沉默了。有人猛吸了一口叶子烟，"呸"地吐了口痰在地上，清了清嗓子："妈的，好久没这样痛痛快快地讲过古了。"有人小声地怂恿："唱几句三国听听。"静默片刻，只听黑暗中"控控"地咳了几声，蓦地，一声老调在这农家院落怆然响起：

　　我本是卧龙岗散淡的人，凭阴阳如反掌保定乾坤。

　　先帝爷下南阳御驾三请，算就了汉家的业鼎足三分。

老人的声音高上去，高上去，又猛地跌落下来。四野静寂，一弯春月淡淡穿过太平山顶的云层，染白了远远近近的山野村落。正是在这次走访中，我才弄清了雷煞火盗墓未遂、身败命丧的真相：原来怀远境内颇多山洞，有些山洞据说洞内有洞，四通八达。我走到怀远镇枫香村境内的岳家龙洞，在洞口往里一探望，只见黑黝黝的，不知通向何处。在当地一些村落的传说中，马岱墓内

似有隧道与岳家龙洞及其余洞子相连。县志上说："怀远镇南五
里有横原洞，人呼岳家龙洞。洞门高丈余，中有大堂，高宽数丈，
入里许洞渐窄，匍匐可行，有胆壮者直穷到底，从白塔山出，洞
首尾相去数十里。"

与天然形成的岳家龙洞相比，马岱墓当初在太平山腹内所挖
的隧道更多了几分人工布局的神秘。

这神秘，因了后来的记述，更加让人目眩神迷：此后，又有
一樊姓县佐三次试图发掘马岱墓，每一次皆被同样的大雨阻止。
县志上说，民国年间，蜀州城中一樊姓县佐率衙卒挖掘，皆在欲
动土之际，天遽变，黑雨如注，如是三次，均告失败。

这世间有多少神秘我们注定已无法一探究竟。唯一的解释，
就是马岱的英魂已化为护卫着怀远的每一座山峦、每一块沉沉的
黑土。

<h1 style="text-align:center">五</h1>

仿佛要与雷煞火的命运相对应，当我走到镇上散发着旧年气
息的老街时，又遭遇了另一个故事。这故事依然与怀远慷慨激昂
的边地血性有关，依然也是1934年9月的事情。几乎就在雷煞
火盗挖马岱墓的同一时刻，有一群持枪的人从原来的生活轨道中
脱离出来，进行了悲壮的抉择。

当我将目光从太平山收回来，就看见了那记载在《四川党史》
中的几行文字，这一段与"潜伏"有关的文字读来是如此让人呼

吸急促：

　　1934 年 9 月，在中共地下党的策反下，驻防怀远的川军黄鳌部所属一个营举行起义，激烈的战斗后，起义军余部撤入雅（安）属芦山、宝兴地界，后部分整编为中国工农红军。

　　这次起义，史上俗称为"怀远兵变"或"分州兵变"。翻开旧报纸，我们看到，1934 年 12 月 4 日在成都出版的《国民公报》，节录刘文辉部芦山县特务大队长邹善成向川康边防总指挥部的部分报告，对此次兵变作了如下的一则报道：

　　窃职自奉钧部寒日电，率部围剿大川方面黄鳌部叛兵……""当即率兵四连驰赴大川。适由唐王坝、小河子窜来的叛兵五六十名，当即全部包围……

　　由"包围"一词中，我们可以想见当年起义者们遭遇的悲壮与激烈，牺牲者的那一缕缕英魂，多年后依然令人肃然动容。

　　故事发生在老怀远人称之为天后宫的林氏宗祠里。穿过镇上一条条颇具川西民居特色的老街，行至一僻静小巷深处，就能看到一个由大块的石头、砖混合砌成的中西合璧风格的外墙。映入眼帘的首先是"林氏宗祠"四个魏碑大字，这四个字，雄浑苍劲，在一整块青石上阴刻而成。字的四周，浮出呈长方形的"天后圣母斗海蛟佑生灵"大型壁绘，金线般的冬日暖阳洒在上面，栩栩如生。据《怀远镇志》记载，林氏宗祠是清代咸丰年间，由福建迁来此地的林姓人家所建。在漫长的历史风云中，它在公私之间变换着身份，先后曾成为敬老院、农科站等，如今，它是镇上的文化活动中心。

1934年9月的那次兵变，起义部队的指挥部就设在这里。镇上老人们回忆，那时秋收已完，连田里的谷桩都已割完，地主开始收租了，有的农民在翻田准备点小春了。半夜时分，听到了河边传来激烈的枪声，枪声一会儿东，一会儿西，后来逐渐聚集在林氏宗祠一带。老人们还清楚地记得，起义部队撤走后，川军把被"变兵"（起义部队）打死的人抬回天后宫，挨个摆在厅内，晚上由叫花子看守。因天凉了，叫花子们就在院坝里劈木材烤火，边烤边摆：那些"变兵"好厉害哦，个个手臂上缠了一根红布条，在炮火中穿来穿去，一点儿都不怕死……

枪声已经远去。跨进大门，是一个宽敞的四合院，许多老人正悠然坐在暖暖的阳光下，品着盖碗茶，谈天说地。阳光斜照过来，那块"兵变纪念碑"泛着肃穆的光芒，碑后的文字依稀可见：

"分州兵变"旧址。

新立的"分州兵变碑"。作者摄

　　1933 年，中共川南特支遵照徐向前的指示，在国民党中开展兵运，秘密组织人员，打入国民军内部，进行内外夹攻。1934 年 9 月某日，时机成熟，当晚更换哨兵、发出信号，镇压了反动连排长，打开武器库，宣布起义，赢得了国民军中一个营、三个连两百余人的兵力，最后成为中国工农红军。

　　四周依然是古色古香的雕梁画栋，飞檐翘角。七十二年的岁月弹指远去，关于那场兵变，那红色的记忆如今青碑肃立，瞻望那青色的碑身，时间深处，誓言闪现，铿锵有声。

　　我久久注视着这块石碑，想到了雷煞火盗墓身死的命运，心中波澜起伏。同一时刻，在同一块地域，被这边地血性所映照的人的命运竟是如此不同。

六

莽莽苍苍的故事从未被时间的流逝所遗忘。酷似刘邦《大风歌》所吟唱的怀远是如此激昂慷慨，其身边文井江的浪花却滋养出了她婉转柔情的另一面。

这另一面，今日依旧呈现在那些雕梁画栋的岁月染痕之中。譬如商业街中段下侧的十家院，典型清代古建筑，单进门，四合院，小青瓦房地板楼，美人靠、飞来椅、白粉泥壁、雕梁画栋，古色古香。譬如清代晚期张刘文故居：其门庭面阔三间十二米，通高六米；木结构单檐青瓦，穿下夹板为楼，中设门道，门庭后露天过道；门额上有凸起的"隐居"两字，因时代久远，字迹早已有些驳落；门槛两侧石条门柱之上刻题着一道对联"卜重良邻风追晏子，图明太极学慕濂溪"；过道内的小天井两边泥墙上均绘有花草鸟兽，虽然历经风雨洗刷，图纹斑驳残损，但风雅犹存……

这是 2016 年暮春，我在怀远行走，每天都被散落一地的传说和故事激动着。说也奇怪，总有淅淅沥沥的黄昏雨多情且缠绵地陪伴着我。采风的日子，从早晨到黄昏，丰盈温柔的雨水漉漉地湿了我在山野、田垄、街巷、远村间的步履。然而冥冥中仿佛心灵感应，在我采写完怀远故事的最后一天，淋湿了整个春天的雨竟停了，黄昏，一轮硕大的落日挂在了远处的山顶。我踏出长街，走到横跨文井江的定江桥上凭栏北望，江水徐来，视线尽头那一片郁郁葱葱直连到藏羌腹地的大山如深远阔大的背景，给耳濡目染的那些起起伏伏的故事平添了几分野莽与苍凉。

"吟咏仿余风，染轴舒素低。"或许，这人世间所有的故事，原本就潜染了阴柔与阳刚，韵致着温婉与壮烈。而怀远的故事，因了《大风歌》千年的吟唱，尤为甚。

张大千的西蜀身影

味江春早

1

梅花香进了 1939 年早春。这是一片朱砂梅，红须为多，中间夹杂了十来棵白须。与萼瓣皆红的红须朱砂不同，白须朱砂的花萼是粉色的，触须蜷曲，衬得其灼红的花瓣透出一种别样的情致。

枝条们或粗不过婴儿手臂，或细如筷头，或再细如庄户人家箍水桶瓤子的铁丝，在许多黑铁般的树干上旁逸斜举，托着大朵小朵。远远望去，似团团红云粉云浮动在衰草连天的江流两岸。这里是平原和山岭的交叉地带。穿过梅林，溯江而上，坡上出现一条霜草倒伏的灰白小径。一行人弯弯曲曲走上去，山岭渐高，坡面林立的树木只剩萧索而立的灰黑枝丫。又行数里，拐弯处却猛见三五棵南竹在石崖上迎风瘦立。有风翠叶生波，无风如美人静立。

一行人被翠色吸引，相继攀上崖来，向四方望去。山下，江水如线。东岸，一条矮街沿江畔缓缓铺开。无数青色灰色小瓦拱出两道屋脊，起伏在阴云密布的天空下。瓦脊蜿蜒间却骤然突起二三垛封火墙，瓦青墙白，飞檐凛凛。街道尽头清晰可见一塔兀立，塔尖重檐下，隐隐悬着两枚黝黑风铃。

转眼风吹云散。再俯瞰下去，却见如纱白烟从街道上空袅袅

腾起。极目远眺，远处平原上本来历历可见的村庄、田畴和河流
倏忽间平林生烟。

正摩挲南竹竹节的一双大手突然松开，将雄狮般的阔大头颅
转向烟岚缥缈的山峦更高处，喃喃道，好一幅水墨江山！随即轻
抚颔下胡须，吟道：

> 沫水犹然作乱流，味江难望蜀醪投。
> 平生梦结青城宅，掷笔还羞与君同。

一年后，这幅水墨江山从记忆里来到了这颗阔大头颅面前的
宣纸上。那张宣纸是他踏遍西蜀山水，费尽千辛万苦才试制成笺。
他低下头，将手中大毫缓缓浸入砚中，一抬头，目光如电，随即
俯身悬腕，笔动如飞。如雪的纸色上，一线春江之水渐渐从淋漓
的墨意中浸润出来，曲折婉转间，数片白帆从浓墨泼染的山岭间
乘风直下，似乎正驶向山外那片平原，却又好像展翅欲飞，即将
进入宣纸外那片广袤的天空。

画面上方，数行款识墨迹摇曳，若黑鱼摆尾，游于深潭：

> 味江水出青城长乐山下，太初蜀王征西番，野人以壶浆
> 为献，王使投之江中，三军饮之皆醉，因名江口，石名大险
> 小险，不利舟筏。此风帆片片，聊资装缀耳。　铃印：阿爰。

阿爰谓谁？
享誉世界的国画大师张大千是也。

2

　　把张大千比喻为雄狮并不妥。实际上，他一直视自己为黑猿转世，以至于从艺后将自己的本名"正权"改为了"爰"。爰者，猿也。而大千，乃是他短暂出家生涯里所取的法名。

　　落入"猿先生"大千居士视野里的这一片山水，居于青城三十六峰之一的凤栖山下。依偎在那味江边的一群房屋，叫街子场。味江从远古行来，于山石间流碧泻翠，蜿蜒到平原上亦映照得两岸林木扶疏。有"川西夫子"之称的清代四川学者刘元多年来一直渴望到味江边一游。他在晚年蛰居于成都霜风呼啸的深巷中写就的《槐轩杂著》里，不胜眼羡地说道："（崇庆）州西北有味江，泉冽而甘，明藩以之酿酒。"

　　清乾隆《崇庆州志》记载："味江在州北三十里，源出雪山。"然而多年以来，水质清冽甘甜的味江一直被人们视为源出于都江堰境内。其原因在于都江堰境内有多条河流携带了滔滔浪花注入其中：仅在今都江堰大观镇普照寺脚下，便有一条古名盐井的山溪汇入。从街子赏梅回来的第二年炎夏，大千先生造访普照寺。寺庙后从高处倾泻而下的盐井溪跌入味江时，那水石激撞的景象给他留下了很深的印象。他记述道："江心大石纵横，激湍之声数十里即闻。"

　　如果要做地理探秘，味江其实是发源于崇州三郎镇令牌山深处一处名为撮箕窝的泉眼，一路纳河汇溪，蜿蜒流至青城后山泰安寺（今属都江堰市青城山镇）后，转从大观镇普照寺后山急流直下，又辗转至街子场出山，在元通古镇上游二江桥处与从同从三郎镇山里出来的一条名为干五里的河水合流。两河握手，一起汇入崇州母亲河——文井江。

20世纪初的街子镇字库塔。【德】恩斯特·柏斯曼摄

　　两县共享一条江的山水渊源呈现在街子场那片飞檐翘角的街巷深处，便从历史的缝隙中产生了饶有趣味的人文景观。在场上江城街中段路口，有一口始建于明代，再淘淤、扩建于清同治二年的水井。明时，该井仅为黄泥镶砖的土井，同治二年扩建时，石匠们巧夺天工，将井身向外拓展，井壁全用錾得溜光的石条砌成。令人称奇的是，从井口开始，井壁自上而下直至井底，全为等距离八边形，共八角，故得名"八角井"。据后来测量，八角井深达十米左右，井水清冽甘甜，井底泉眼如涌，终年不枯。神奇的是，这八角井的位置正好是多年前崇州和都江堰的交界处。许多年以来，两县人民共享这口井水，其乐融融。

两县共享八角井。作者摄

1939年早春的那个午后，从味江边赏梅归来的大千走到了八角井边。听人讲述了这口井的故事后，他兴致勃勃地让随行的三夫人杨宛君取来倚靠在街角的竹竿系着的一只公用水桶，一躬身，水桶"波"的一声落进了黑黝黝的井中，随即双手互换，汲上来大半桶水，舀了满满一碗，一仰头，那碗清凉的井水便咕嘟咕嘟倾入了喉中。喝毕，他一捋胡须，仰天大笑，笑完之后，却猛地将碗"啪"一声摔到地上，脸上竟泪光点点。

午后的阳光落下来，照耀得江城街斑驳的石板街面一半金黄一半檐影悠长。十九岁的杨宛君全身沐在金灿灿的阳光里，不解地看着自己的夫君。

这个细节，是行走在味江边的挖瓢人杨君武告诉我的。

大千与老莲

1

像张大千这样的天才艺术家常常是这样一副气象：表面气壮山河，内心却有一叶小舟，时刻穿行在惊涛骇浪之中。

2013年炎夏，我行走到了浙江绍兴，仿佛一股清凉气息召唤，不觉之间，我迈进了一条幽深古巷。四周粉墙乌瓦，脚下青石泠泠。蜿蜒踏落的脚步声中，"青藤书屋"四个字静静地从一对黑色窄门上兀现出来。

门虚掩，"吱呀"一声推开，一枝青竹伸到面前，伸手拂开，穿过月亮门，绿叶宽展的芭蕉旁，三间明式风格的平房静立在斑驳的阳光下。跨进去，屋内白墙上，高高低低地挂着数幅色泽浓黑的名人墨迹。这里本是徐渭祖屋。也是画家陈老莲客居之所。崇祯末年，老莲从京城怏怏离开，搬进了这所原名为"榴花书屋"的老宅，并手书"青藤书屋"四字。无数个月白风清的深夜，在远方越迫越近的清兵的铁蹄声中，老莲辗转难眠，常披衣而起，望烛独坐。灯光映得他投在墙上的影子飘飘忽忽，仿佛是徐渭的灵魂穿越过来。两位天才隔着时空喃喃对语。

鲁王政权失败后，老莲移居绍兴城南薄坞，万念俱灰，削发为僧。青藤书屋遂在后来数十年间败落为一片荒烟蔓草。

有明一代，陈老莲被誉为"三百年无此笔墨"。

1935 年夏，徐悲鸿为大千画集出版题序。他不吝笔墨，题目惊天动地：张大千——五百年来第一人！

同为不世出的天才，陈老莲与张大千这两座中国画的高峰在各自的艺术人生道路上有着怎样的异同之处？ 2017 年冬，味江边的朱砂梅又一次缀满了清芬饱满的花蕾。当我追随着大千的脚步行到这里，苦苦探寻 1939 年至 1940 年间他在这片山水间的心路历程时，突然无端地记起了四年前那个炎夏在青藤书屋中，从老莲墨迹里润出来的那一缕苦涩的凉意。

通往大千内心的一道暗门就此打开。

2

大千出生于 1899 年，老莲降临人间为 1599 年。隔了三百年时光，今天，老莲给我们的感觉是凉，彻骨的凉；而大千，越活向年迈就越是向世界捧出内心的一腔赤热。

这是国画世界里令人炫目的冰火相对的两极之美。

老莲的内心是在崇祯皇帝在煤山上吊前才开始一点一点凉下去的。在此之前，他的心很热，他的笔尖更是燃烧着一团火，他渴望着用内心那团丹青之火去点亮帝王手中的一纸功名。

他何止少年天才。四岁那年，他去邻村走亲戚。恰逢亲戚有事外出。他见其家新刷了一间屋子，雪白的墙壁被午后阳光映照得空空荡荡，便搬来桌椅，攀到上面，往墙上绘了幅八尺多高的关公像。那关公不怒自威，吓得村里围观的孩子们号啕大哭。老莲却若无其事。黄昏时分，亲戚踏月归来，持烛一照，吓得急忙跪拜在地。有如此异禀垫底，九岁那年，陈老莲随著名画家蓝瑛作画，孰料蓝瑛一见他落笔之姿，大惊道，此非人，乃天授也。

而大千是怀揣了一颗冰冷的心进入画坛的。二十三岁之前，他屡次被自己的授业老师曾熙和李瑞清所批评：同是习画，这张家三兄弟里，大哥善子才德兼备，弟弟君绥才华横溢，唯有老八正权却既无德，也无才！

被李瑞清之弟撺掇仿作古画出道后，大千更不被世人待见。他益发以冷嘲之姿作弄当时所谓的画坛名宿：1921 年，他仿作一幅石涛青绿山水，瞒过黄宾虹法眼，被黄以石涛真迹《怪鸦图》交换；第二年，他又以一幅假石涛羞辱了陈半丁；当他小有名气，却听说吴湖帆说他是"野狐禅"时，便伪作了一幅吴最喜爱的南宋梁楷的《睡猿图》，设计让吴以万元大洋的高价购入，正当吴兴高采烈接受朋友道贺时，他又派人上门揭穿……那时候的大千表面热闹，内心凄凉。他携重礼到北京拜见齐白石，欲讨教习画之道，却被白石老人连人带物拒之门外……那一年，他已年近三十。而三十岁时的陈老莲已然画出了《屈子行吟图》《水浒叶子》等代表作，名播四方。

两人艺术道路上凉热之间的转折点都与一场家国之难密切相关。

1644 年之前，陈老莲的作品虽然奇逸，风骨间却是风流名士的热力，尤其当他被崇祯召为舍人，奉旨意专事临摹历代帝王像后，更加名声斐然。诸侯公卿都以认识他为荣，得其片纸，珍若圭璧。转眼间，他的命运却急转直下，从烈火烹油的荣光顶端坠入了国破家亡的冰窟之中！

1646 年 5 月，清兵攻进绍兴，将刀架到了老莲的脖子上。

那以后，老莲的内心即被霜雪冻住。书画之于他，是在冰封的河面凿开的呼吸孔。他像一条跋涉在沙漠里的鱼，艰难喘息，白眼向天。每每无端歌哭到深夜，他便揪住自己的领口，狠扇自己的耳光，满脸泪水地痛骂自己"浪得虚名，穷鬼见诮；国亡不死，不忠不孝"。与此同时，他的画风变得冷峭如鬼，尽日所作都是些头大身小不成比例怪诞无比的佛禅人像。

不可思议的是，五百多年后，从这些高鼻深目面额奇异的面孔里所渗透出来的冰冷奇异的神情却如此摄人魂魄。当你凝目，似也浑身如坠冰窟窿里，无边无际的悲怆从天地间升起，紧紧攫住你的身心，你不知该喜还是该悲、该笑还是该哭，只感觉内心已被一寸寸焚成灰，掷向了虚空……

3

1939 年早春，张大千的心情乍暖还寒。

从味江边赏梅归来后，他陷入了身与心的对立、家与艺的两难、乐与苦的选择。本来，他是到八百里青城忘忧的。山外正烽火连天，山里却是清风潺潺。他在这里读书、作画、观山、临水，把酒临风，对月吟诗，和家人们确也其乐融融。他甚至产生了就在这青山绿水之间终老的想法：

> 自诩名山足此生，携家犹得住青城。
> 小儿捕蝶知宜画，中妇调琴与辨声。
> 食粟不谋腰脚健，酿梨长令肺肝清。

他当然也关注着抗战局势，期盼天下早日太平：

劫来百事都堪慰，待挽天河洗甲兵。

　　他当然是有资格躲在这世外桃源里的：北平沦陷时，他正困居于城外颐和园中。日方一次次对他或抛媚眼，或加威逼，要借他的笔墨去涂染猩红的天空。他辗转千里，九死一生，终于把自己的身体清清白白地运回到了大后方。哥哥张善子为他安排了这乱世之中的幽静之地，一遍遍叮嘱：眼下，中国需要的不仅仅是前线抗敌的战士，更需要静心创作的画家，尤其需要在深山里为延续中华文脉而献身艺术的画家！说到这里，张善子停顿了一下。大千看见，以画虎闻名的大哥眼里闪出了几点晶莹的泪光。

　　哥哥一番话让大千心灵震撼。从开始习画起，他一直对明四僧，尤其是石涛情有独钟。仿作石涛在商业上大获成功之后，他一直念兹在兹的，正是像哥哥所说的，能有一天像这位"苦瓜和尚"一样"搜尽奇峰打草稿"。

　　然而他又怕。石涛在艺术上的成功却是以山河的破碎换来的啊！大千当然渴望画艺能更臻化境，然而他更希望天下太平。

　　"国破山河在，城春草木深。感时花溅泪，恨别鸟惊心……"1938年冬，寒冷凝住了整个中国。通往青城山上清宫的弯弯山径上，走来了髯须飘飘的张大千和他的家人们。夫人们和孩子们都被寒冬里满目青翠的山景惊住了。尤其是北方长大的三夫人杨宛君，更是乐得喜上眉梢。当她清脆的笑声成串地回荡在空蒙蒙的山间时，大千心里正默念着杜甫的《春望》，听着这无忧无虑的笑声，他心里忽然涌上来一个念头：罢了罢了，且在此暂时忘忧吧。

　　然而忧还是追赶过来了。

从翠微到风林

1

　　从上清宫到普照寺约莫三十里。山路渐渐由宽变窄。脚下也由錾得四方齐整的色泽黛黑的青石板变成了窄溜溜坑洼不平的黄砂石板。从普照寺到味江出山口约莫十五里，极易风化的黄砂石板已时有时无。在味江出山口上游、离朱砂梅林约六七里的地方，山路分出两岔，一条钻进翠色参天的山岭深处，是光溜溜的土路；一条则相接于从街子场上伸过来的青石街道。

　　1939 年 4 月，山外已是春风和煦，山中却凉意幽幽。挖瓢人杨根子上身脱得精光，腰间系了一片土布围腰，正弯腰在土路边的草屋前掏瓢。道路那头踏踏地走来了几个人。

　　杨根子脚蹬八字，身体时而前倾，时而后仰；倾时腰弯如弓，仰时剃得精光的额头汗密如珠。那把杂木作柄、一尺五寸长的挖刀后端紧紧抵住他的右肩窝。他左手握了刀座，右手卡住半圆形的刀口，左旋右转间，木屑如树叶一般吐出来。风一吹，纷纷扬扬满地撒落。

　　那几个人本来已走过去了，却又踏踏地退了回来。阳光从树林间投射下来，照得杨根子如一尊雕像。阳光下的挖瓢人又黑又亮，沉浸在自己的劳作里。一瓢挖罢，他飞快地换上一截木头，歌声悠悠唱了起来。

　　多年以后，这首歌又在味江边响起。杨根子那弃了挖瓢手艺的孙子杨君武嗓音浑厚。七十多年的时光从歌声里浮现出来，我看见 1939 年春天的杨根子好奇地盯着张大千看。他拿不准，眼前这个须髯飘飘的矮个子男人究竟是大爷还是大哥？是道爷还是棒客？或者，就是个路经此地的"金夫子"？

　　杨君武唱道：

　　　　哎——
　　　　好久没到这方来
　　　　这方凉水生青苔
　　　　吹开青苔喝凉水哎
　　　　长声吆吆唱起来……

　　歌声歇了，却袅起一股余音，荡得空气嗡嗡回响。过了一会儿，杨根子听见那须髯飘飘的矮个子男人开口了："幺师，请问到红纸厂咋个走？"

　　讲到这里，杨君武停住了。他瘦小的身体重新落入味江边的茶座中。凤栖山深谷中产葛藤，许是为了彰显旅游特色，江边的茶座均为本地手工艺人以这种葛藤编就的宽大藤椅。君武眯了眼，凝视着身旁人声鼎沸的街子古镇。初春的阳光在其脸部边缘描出一圈嫩黄，使他四十一二的年龄看上去突然年轻了几分。他右手屈肘，左手轻轻摩挲着藤椅扶手。显然，祖父那个名不见经传的挖瓢匠和一代国画大师的邂逅多年以后依然让他激动不已。虽然这场邂逅给他带来的，不过是烦恼，莫名其妙的憧憬和最终不知该如何言说的深深失望。

2

大千赶了近六十里山路，是要去翠微山一带寻找宣纸。由冬入春，他的脚步几乎踏遍了三十六峰，行遍了七十二洞，仅面对上清宫一带壑峰便作画一千余幅。日日读诵这天地间的寂静青山，看月升日落，观雾岚吞吐，他感觉心与大自然的呼吸正日益贴近，有许多艺术上的新念头、新想法正热烘烘地在心里拱。

然而，墨没了，紧接着，画纸也快告罄。

大千对文房四宝很挑剔。战前，他提笔非北平"戴月轩"的特制湖笔不可；锭墨须精挑其浓淡深浅；砚尤独好端砚；至于画纸，他当然非宣纸不用：天下画纸皆曰草，唯独宣纸可称玉。只是，一般的宣纸可入不了大千的法眼。成名之后，他只用两种宣纸：一种是"清秘阁"的定制宣纸，一种是他费尽心力搜来的明清宫廷里的御用宣纸。

战火绵延，青城山固然风景幽绝，却显出了交通僻远之弊。眼看无法将心中风景一一淋漓于纸上，大千心中烦闷。此时，忽有客人远来，告之离味江不远的翠微山中产宣纸，大千心中顿时大喜。味江年初赏梅时他脚迹即已初涉，那红云般的朱砂梅林当时就给他留下了深刻印象。他少时不喜诗词，成年后得兄长教诲，知文人画讲究"诗、书、画、印"四绝一体方称完璧，尤其所谓"诗为画之魂"，遂着力于格律。那味江边的梅讯便是他从典籍中翻来。《全唐诗话》载："蜀州郡阁有红梅数株。"这一缕诗情千年后绵延至凤栖山味江两岸，果然已蔚然成景。

由傲寒的梅花联想起登山时所见的那一丛翠色飘飘的南竹，大千顿时来了兴致，随即青衫飘飘，与挖瓢人杨根子邂逅在了由味江通往翠微山的幽幽山道上。

3

　　翠微山逶迤在今崇州市三郎镇欢喜村至红纸厂一带。四周山峦起伏，北挨味江凤栖山，南接据说飘拂着杨贵妃童年身影的凤鸣山，前方为一马平川的百里平原，岭麓间多南竹、慈竹、白葭竹、广东竹，常年绿浪起伏，翠色四围。翠微即由此得名。名虽文士所取，栽竹却为当地民生所系。多年以来，当地人家即以竹为生：食竹笋、编竹篱、烧竹叶……需要起屋就架竹为梁，没油盐钱了就砍几根闪悠悠扛到集市。竹在他们的房前屋后扶摇生风，他们在竹林中默默地繁衍生息。进入民国后，这一带山间忽然络绎而起了数十座纸坊。

　　纸坊是由县城里实业所倡导设立的。坊分三道工序，当地人称为一槽、二槽、三槽。他们选用上好白葭竹，浸入石灰池中，沤出的水按高低次序徐徐溢入三个槽中。两个来月后，第三槽水面开始浮动着一层冰碴般的纸浆。选一个爽朗天气，将纸浆以特制笊篱捞出，摊到阳光下，晒干后即成四四方方的纸型。这数十座纸坊一年大约产纸四千余挑，畅销附近几县。纸张薄厚均匀，唯一的缺憾是色泽发黄，黄到深处几近暗红（红纸厂的村名即由此得来），摸上去有微凸的颗粒感，只能用作普通草纸。抗战烽火起来后，由于安徽一带沦陷，大后方急需宣纸办公纸等质量上乘的各类纸张，县里实业所随即提倡工艺改良，仿制宣纸。他们特地从乐山夹江一带的竹纸厂请来师傅，驻守在翠微山下指导，试制出了一种品相颇佳的宣纸，远看色泽如雪，近摩温润入手。

　　然而令大千颇为遗憾的是，当他在杨根子的带领下，抄近路赶到翠微山下时，夹江师傅因纸坊里开不出工资，早已离去。红纸厂散乱的纸坊里，工人们围在烟气氤氲的灰池边，正喧腾腾地忙碌。大千孤独地立在漂浮着纸浆的水槽边，手里捏着那唯一一张仿制出来的宣纸纸样，不胜怅惘。

　　归来的路上谁也没有说话。杨根子见大千神情郁郁，灵机一动，唱起了坝上的薅秧歌：

　　　　秧田里头稗子多，
　　　　扯了一窝又一窝。
　　　　妹妹低头打呵欠，
　　　　哥哥抬头唱山歌……

　　山道上林木幽幽。歌声飘起来，惊动了密林深处歇窝的斑鸠。歌声一停，它们就咕咕咕地叫起来，仿佛存心要与这一行人捉迷藏，那声音似乎很近，快走拢时又忽然响在了远处。大千呵呵笑了起来。杨根子的歌声唤起了他久远的记忆。他虽不谙农事，但幼年时在内江老家所见所闻，知道农忙时节田野里男女杂处劳作，最是快乐无比。

　　大千心情好转，脚步加快，转眼走出了这一弯山林，头顶却蓦然乱云飞渡。此正值暮春时节，山外水田漠漠，山间却阴晴不定。一行人顶着黑云，急匆匆走进黄昏，忽然头顶零星雨点迎风斜落，转眼泼得如针如线，在天地间织出了一张网。

　　雨声淅沥，雨势绵密。大千猝不及防，浑身几乎湿透，慌乱中见路旁林间隐隐露出一角飞檐，急忙冲了进去，却是一座荒废的庙宇。庙宇山门倾颓，泥墙溃烂，裹挟在无边无际的雨雾中，益发显得破败昏暗。大千抬脚走进歪歪斜斜的大殿，殿后转出一个老僧，见了他们，急忙转身进去，捧出几个土碗，给他们倒上热水。大千问了几句，老僧口中却只啊啊连声，原来是个哑巴。杨根子在一旁说道，这是风林寺。大千点点头，向佛龛上望了一眼，浑身顿时如同电击一般，惊得呆住了——那本该供奉着释迦牟尼的龛座上，分明挂了一帧墨色陈旧的水墨画像！

他顾不得浑身衣衫又湿又冷，凑到画像旁仔细一看，头脑里"嗡"地震动起来：这分明是一幅唐代吴道子的自画像！大千眨眨眼，画像上，一代画圣面部焦墨勾线，衣带如兰，飘飘欲举！他再借了殿外昏暗的光线，隐隐窥见画像右下角浮起一方暗红印章。他目光抵拢，看见四个字：竹浪之藏。他回过头来，迷惘地问道：竹浪是谁？

是这庙里的老主持啊。杨根子答道。

4

大千再次见到这幅吴道子自画像已是第二年初夏。从翠微山回来后，他念念不忘风林荒庙中的奇遇，总觉得那是冥冥中一种难以言说的指引。他几次要再转回去瞻仰，却总是杂事缠身：6月，有人捎来信息，说成都春熙路胡开文店里开了毛笔精制工坊，他急忙赶去，守了几昼夜，终于制出了与"戴月轩"湖笔不相上下的毛笔出来；尤令他大喜的是，此番竟在胡开文店中搜罗出了一堆明清御贡墨锭。一研磨开来，真是松烟远淡；7月，画桌上最后一块墨锭终于磨尽，正惝惝难安之际，有人送来一方宜宾出产的"苴却砚"。此砚采自金沙江峡谷中的苴却石。石色沉凝，研磨成砚莹洁滋润，比之端砚、歙砚、洮砚、澄泥砚这四大名砚也不遑多让（大千就此把"苴却砚"唤作了家乡之砚，直到晚年仍在使用，以慰满腔思乡之情）。

笔、墨、砚都有了，宣纸却依旧难觅。胸中无数丘壑喷涌在即，大千只得暂搁了重返风林寺的念头，与朋友一起踏巴山、寻蜀水，四处搜寻。有人传来消息，说该去峨眉山脚下的夹江看看，那里和翠微山一样盛产"竹纸"，不同的是，夹江纸以鲜嫩慈竹为原料，纸质肌细肤白，墨泼染上去，浸润保色而不胡乱洇透。大千将信将疑地到夹江马村一看，大为振奋：原来，这马村一带造纸已近千年，原料丰富，工序细密。他当即拿出一大笔钱，选定一家作坊，亲自参与到试制当中。秋去冬来，作坊里终于造出了一款新纸，色泽有如初雪，摸上去则如丝绸一般柔滑。大千试着将笔墨舒展其上，一看，线条神采飞扬，书法灵肉丰润，似乎那鲜嫩的竹色已无声地沁进了笔触的血脉之中，滋润得点、染、披、皴各式笔法神采奕奕。

大千欣喜若狂。夹江宣纸就此以"蜀笺""大千纸"之名誉满天下。

1939年冬，兴冲冲带了数捆夹江宣纸返回青城山的大千在上清宫铺开画笔，欲将几月来郁于胸中的一股闷气淋漓尽致地挥洒出来，然而骤然袭来的纷杂家事却将他击倒在地。

离家出走

1

艺术家并非圣人。大千虽内有兄弟相扶，外有友人关照，家里却也经常充满了俗世的各种纷争。尤其是，他以唯一的男主人身份，同时面对了三位夫人和十多位正处于"猫嫌狗不爱"年纪的孩子，陷入了令人窒息的家庭矛盾之中。大太太曾庆蓉虽出身大家闺秀，却不受大千宠爱；二夫人黄凝素才情婉约，却也难免小肚鸡肠；一天到晚叽叽喳喳的则是随了大千从北平逃回大后方的三夫人杨宛君。她本是唱北平大鼓的，生性好动，加之年纪轻轻，仗着与丈夫有过同患难的经历，常常得理不饶人。

可怜才气纵横的大千每天一早起来，耳边夫人们的抱怨声就聒噪不休。一会儿是曾庆蓉怒气冲冲，一会儿是黄凝素哭哭啼啼，一会儿是杨宛君尖酸刻薄。大千陷入了"四面楚歌"之中。外面是战火纷飞，家里是忽冷忽热。他想找朋友倾诉，朋友们却远隔天涯；他想提笔忘忧，画室里却难觅静雅。他叹息，他忧伤，他走来走去，他寝食难安……外面的人以为他在享受齐人之福，殊不知他早已黯然神伤。

一怒之下，他离家出走了！

2

挖瓢人杨根子再一次见到大千是在1940年初夏的一个黄昏。自从风林寺一别之后，他就觉得这位相貌非凡的"老爷"会再次到这庙里。他说不清为什么，只感觉这位老爷在凝视庙里佛龛上的那幅画时，眼里闪烁着一种迷狂的光芒。这光芒是他生活里所缺少的，仿佛有着超凡脱俗的力量，能将他从一日三餐的茫然追逐中拯救出来。况且那挖瓢的生涯也仅果腹而已。

他渴望能再次亲炙那照亮心灵的目光。

他终于等来了山道上那疲惫的身影。黄昏时分，大千拖着自己的影子，跌跌撞撞地走进了风林寺中，恍恍惚惚地在佛龛前盘腿坐了下来。从早晨出门到现在，他只从山溪里掬起过几口水喝，他脑子里昏昏沉沉的，不知该往哪儿去。迷迷糊糊之中，双脚将他再一次带回到了这风林寺破殿里吴道子的画像前。

他想听见时间的那一头，吴道子隐藏在笔画墨迹间的喃喃自语。

四野起初寂静无声。苍白的月色缓缓穿过云层，照耀着风林寺殿角上残存的那一颗铜色斑驳的风铃。杨根子不敢作声，悄悄守护在门外。当夜半月色退去，他抬起头来，看见夜空里黑云翻滚，大风卷起林涛，呼啸不休。

夫人们找到大千时，已是第二天下午时分。天空中黑云消退，阳光金箭般从瓦缝中穿进大殿。她们首先看见了杨根子。随着挖瓢人的目光，夫人们看见自己的丈夫如一块石头，入定在佛龛上供着的画像对面，全身沐浴着通红的光芒。

夫人们惊呆了，战战兢兢地来到大千面前。曾庆蓉正要开口说话，大千却忽然睁开了眼，站起身来，淡淡说道，走吧。

当天夜里，风林寺上空雷声滚滚。一道霹雳闪过，将残存的大殿烧成了一堆瓦砾。

3

后来的人们把 1940 年 9 月大千突然奔赴敦煌临摹壁画的壮举称为他的中年变法。许多论者津津乐道于他面壁之后画风的突然精进：前期线条中多石涛怪异的山水之气，线条中透着残山剩水的清冷骨感；之后则一扫水墨单调，从陈老莲、石涛等人的窠臼中脱身而出，变得色彩绚丽，尤其人物更是雍容华贵，举手投足间铺满了华丽的盛唐气息。

人们把导致这种转变的时光称之为张大千的"青城悟道"。许多年来，关于他"青城悟道"的各种传闻纷纷扬扬，殊不知，那微妙的精神之火就潜藏在 1940 年初夏，他离家出走到风林寺中独对吴道子画像之后，所作的那一幅《味江风帆图》中。画面上，数点白帆似乎被看不见的风鼓动着，正急速驶向宣纸外的天空，风帆远影碧空的意境悠悠不尽。

深山有余啸

1

1948 年夏，张大千又一次来到了味江边。这一次，他以从容之笔，取材青城山水名胜，糅合历史故事与神话传说，作了八幅画，分别为：味江、离堆、老人邨、天师洞、索桥、高台山、青城山、丈人峰。稍后，他又作了一件扇面：蜀中味江图。至此，他一共为味江作了三幅画，可见那一河碧波在他多情的山水生涯中是占据了一种怎样的位置，即使他饱览了全世界的河山——

一生好入名山游，味江悠悠慰乡愁。

这是他晚年的夫子自道。

味江水依旧悠悠流淌。这是 2017 年深冬，河岸的朱砂梅林正热烈地开放。当杨君武对我讲完他祖父与张大千两次相遇的往事后，我沉默了。我不知道该怎样去理解一个普通的挖瓢匠人与一代国画大师之间的这种关系，是一场无意间发生的平常偶遇？还是蕴含了精神启示的一次特殊事件？

然而对杨君武来说，大师与他家的故事却远远未完。

味江风貌。袁建摄

2

挖瓢首先是个力气活。君武初中毕业后，即随父亲在乡间以挖瓢为生。那是 20 世纪 80 年代中期，乡村实行了分田到户，剩余劳动力迅速投身到了各种致富行业当中。也就是在随父亲进山挖瓢的岁月里，少年杨君武认识了许多如今已不多见的树木。他们的足迹遍及了味江两岸，常常一连十多天生活在凤栖山、翠微山、凤鸣山深处。

"风林寺的废墟后面有一棵大泡桐。我们砍了它的一根枝丫，分别挖成了六个瓜瓢（即水瓢）、两个饭瓢，剩下的边角余料，我用来雕了几个鸡啊、猪啊等生肖玩具。"君武的语气里有一种淡淡的谐谑。他早已经不再挖瓢，家里开了一个小型的木器加工厂。有时候他也会操起挖刀，却纯粹只是为了回味一下祖传手艺：就材质而言，泡桐最好，松软，一挖刀下去，刨花吐出来的声音就像丝绸一般。然后是油桐、麻柳、松树……

1948 年，张大千在画完《蜀中味江图》后，特地来到风林寺的废墟旁，给杨根子画了一幅尺寸较小的《深山虎啸图》。不知为什么，他没有题款，只是在虎爪的缝隙里钤了一方"大千"之印。君武成人后，曾携画到成都书画市场寻找买主，却被一家店主嘲笑：从来只听说张大千画人、画山，画虎倒是第一次见到。随即，将他连人带画请了出去。那是 20 世纪 90 年代初期，国内书画市场刚刚起步。君武回来后，将这幅虎啸图扔进了灶膛之中，被父亲一把抢出时，威风凛凛的虎尾及后半截虎身已化为了焦黄的一缕烟尘。

说到这里，君武嘴角露出了一丝苦笑。我也笑了，想起了大

千那幅"味江"的拍卖成交价：港币 3548 万元。这是 2016 年 4
月 5 日上午在香港会议展览中心的事。

　　人们啊，什么时候，你们才能忘记大师的价格，去追寻大师
的精神呢？

　　我问味江，味江不答，只翻涌着浪花向前滚滚而去。

《寒食帖》往事

一

　　他们一共四个人，衣袂飘飘地站在京城开封那一派笔墨风景的深处。晕染在他们身旁的，是后来张择端含泪融进《清明上河图》里的隐隐青山迢迢绿水。这四个人，虽然年龄、性格、人品和由此而生发开来的命运遭际如泾水和渭水一般分明，但当时的人们还是习惯把他们放在一起称呼：苏黄米蔡。

　　这四个人啊，人们说，苏飘逸，是仙；黄方正，似杜工部杜夫子；米痴绝，如酒狂；蔡呢？人们踌躇了一下，说，喝茶喝茶。

　　那是靖康之耻前，京城开封书法界聚会时常见的情景。康王匹马横渡之后，杭州城大街僻巷的酒肆茶舍里，人们痛苦地听着钱塘江的涛声，思念着长江对岸的半壁江山，又重新提起了蔡，不过已从蔡京换成了蔡襄。

　　排名紧随在苏东坡后面的黄庭坚虽被视为"苏门四学士"之一，有一段时间却对老师的字不以为然——苏轼写字姿态太不雅正。

　　暗含了天地运行密码的汉字，以象通形，以形达象，自笔画染墨自成一艺以来，从点横撇捺到弯钩竖折，近藏了人的气度与格局，远蕴了朝代的气运甚至走势，是以大风起兮，汉隶雄浑；两晋兵火，魏碑险峻；绵延至盛唐气象，便出了正气凛然的颜真卿。自颜字以楷体的正大光明导引书艺笔画格局以来，有宋一代的书者们便开始重视起书法家落墨时的身姿来。

　　不幸的是，还在老家眉山的时候，少年苏轼就习惯了斜着写字。今天的宣纸在承受每一管淋漓的落墨时，面前的书者无论正襟危坐或垂首笔立，都是垂直执笔，腕动毫随，悬肘而书。但是苏轼却是斜手执笔，连手肘都不提起来，整个人就歪斜着靠在桌上写。那形态显然有几分滑稽。这样出来的结果就是，他的字形显得很扁。黄庭坚开玩笑说，苏子之字，肥扁斜侧，就像"石压蛤蟆"。石头压着一只扁肥的癞蛤蟆会好看么？

苏轼之所以这样写字，是因为他少年时用的笔叫诸葛笔，那是一种唐代流传下来的古笔。他的家乡眉山那时候很流行这种硬芯子的笔。

然而北宋哲宗元符三年（1100）夏季的一天，当正在四川省青神县山水间流连的黄庭坚突然见到了苏轼十八年前信笔而发的一幅作品时，惊得当场呆住了！

二

十八年前的寒食节这天，黄州很冷。比天气更凄凉的，是苏轼的心情。两年前，即北宋神宗元丰三年（1080）二月，四十五岁的他因乌台诗案被贬谪到这里，挂了个名为团练副使的闲职，不但"无团可练"，反而处处被监视、被掣肘，一举一动都被人暗中记录下来，以便随时向京城报告。形同软禁的生活，让他生活潦倒，精神落寞。

尤其令他心寒齿冷的，是所谓"乌台诗案件"爆发时，他被一根绳子拴在颈项上，像鸡鸭一样被押解上京的情景：

　　1079 年 7 月 28 日，朝廷派人到湖州的州衙来逮捕苏轼。史书里记载说，当气势汹汹的差人走进州衙时，苏轼害怕得躲在后屋里不敢出来，后来经朋友百般劝说，他才战战兢兢穿了官服走出来。差官立刻叫差人摘了他的官帽，然后像捆鸡鸭一样将他捆起来，呵斥着他上路……行到太湖的那晚，天上繁星满天，湖面波光浩渺，想起人间如此风景，而自己上京却不知是死是活，苏轼难过之极，差点就一头扎进了太湖之中……

　　终于从监狱里挣脱出来，来到了偏远的黄州，可是这里的生活状态让他非常难受，尤其是昔日诗酒唱和的朋友们此时就像人间蒸发一样，更令他心酸不已。两年后，他的精神稍稍平稳下来，提笔给友人李端叔写了一封信，描述了自己那时候的境况与心情。信中说：（自从他）得罪以来，深自闭塞，扁舟草履，放浪山水间，与樵渔杂处，往往为醉人所推骂，辄自喜渐不为人识。平生亲友，无一字见及，有书与之亦不答，自幸庶几免矣。

　　元丰四年（1081），友人马正卿见他日子过得实在穷困，便代他向州官求情，请得黄州城东荒地数十亩让他垦种，才得以解决了他的吃饭问题。后来苏轼将那里取名为"东坡"，并修建了"雪堂"，并就此将自己称作了"东坡老人"。晴朗的日子，这个四十来岁的东坡老人便像他喜爱的陶渊明一样，带着农具来此劳作。短暂休息的间隙，他常躺在地上看天上白云悠悠……

　　有时候落大雨，他也戴了斗笠出来，沿着崎岖的山路缓缓走上雪堂，一路听着淅淅沥沥的雨声在山野间响个不停。

　　到东山坡上开荒耕种的第二年，元丰五年（1082）寒食节（清明前一天）这天，黄州的天气突然由暖转寒，一早起来，朝霞如彩，谁知到了中午，天边突然乱云飞渡；到黄昏，蒙蒙如丝的细雨竟夹杂冰雹，噼噼啪啪地敲打下来。东山坡上，青中带黄的麦穗被打得七零八落。

眼看一年的辛劳转眼化为乌有。苏东坡再也压抑不住，察看灾情回来，他愤然提笔，在灯下作诗一首。诗曰：

> 自我来黄州，已过三寒食。年年欲惜春，春去不容惜。今年又苦雨，两月愁萧瑟。卧闻海棠花，泥污燕支雪。暗中偷负去，夜半真有力。何殊病少年，病起须已白。

一夜雨声淅沥。第二天一早起来，天地间雾气生烟，春雨已连成绵延不绝之势。他伤感不已，再次挥笔，将心中的愤懑尽铺于纸上：

> 春江欲入户，雨势来不已。小屋如渔舟，蒙蒙水云里。空庖煮寒菜，破灶烧湿苇。那知是寒食，但见乌衔纸。君门深九重，坟墓在万里。也拟哭途穷，死灰吹不起。

中国书法史、文学史上的一部珍品就此诞生。因是苏东坡在寒食节当天以诗入书，诗书双绝，后来的人们把它叫作了"寒食帖"。全称为"黄州寒食诗帖"。它是一幅横 32.4 厘米，纵 18.9 厘米的行书作品，共 17 行，129 字。

后来至今的九百多年间，中外的研究者们，尤其是中国和日本的书画家们对这幅书法作品众说纷纭。有的说，（其）以书法而论，通篇起伏跌宕，气势奔放，令人赏心悦目。有的则持另一种观点：在此诗帖中，苏轼一改惯常的温柔敦厚，顿挫提按，转腕如轴，加粗、放大、拉长，沉雄、激昂、婉转，墨迹的变化犹如心情和命运的起伏变化……

确如斯言！在《寒食帖》里，苏东坡的笔意比以前有了明显的飞跃，虽然字体有大有小，却无一不恰到好处。特别是有几个字如同长剑一般，锋芒如虎：如"年""中""苇""纸（帖上为帋）"，应该是悬腕才能写出的效果。

后来者说，这几个字中最形象地表达了彼时苏东坡内心那一股怒火的，是纸字下面的"君"字。此字在诗句中被指为皇上，但是呈现在书法中的字体却又小又扁，和上面"帋"字那尖尖的长竖连着，好像"君"字是被狠狠地刺了一剑！

论者们由此津津乐道，愈发深入：在以忠孝为最高的道德标准的时代，苏轼却经历着诗句中所言"君门深九重，坟墓在万里"的煎熬和痛楚，那种"死灰吹不起"的困顿、压抑和潦倒无助的欲哭无泪，简直穿越千年，扑面撞来！人们由此说道，在《寒食帖》中，看不到前后他《赤壁赋》书卷中的那种平缓温厚，看不到他《中山松醪赋》中的那种畅达浩荡，也看不到他《渡海帖》中的那种率真无畏，只有一股倔强、执拗、孤闷、彷徨，仿佛他在拿头狠狠撞墙！

然而有趣的是，写完《寒食帖》之后，苏东坡转眼就从悲苦愁闷的情绪中一下子回到了乐天知命的路子上。就在这年麦收之后，仲夏的一个夜晚，他和当地几个乡村老人在雪堂中一边听着四周浩荡的蛙声，一边在星空下轻摇蒲扇。把酒话桑麻的氛围让苏东坡不觉大醉，待他醒来，人们早已散了，唯有银河中万星如灯。借着星光，他兴冲冲地返回城里，却不料家门紧闭，他感慨地吟道：

夜饮东坡醒复醉，归来仿佛三更。

家童鼻息已雷鸣。敲门都不应，倚仗听江声。

长恨此身非我有，何时忘却营营。

夜阑风静縠纹平。小舟从此逝，江海寄余生。

就在黄州城边滚滚东流的长江那翻卷不息的江涛声中，苏轼瞻前顾后，如炬的目光穿透深邃的历史。飘飘何所似，天地一沙鸥。人生的谷底间，他如同天地间独自起舞的沙鸥，趁明月清风振羽而起，于渺渺星空下获得了身心的大解放。此后，心明眼亮的东坡居士白衣飘飘地立于命运的波峰之上，笑容可掬地面对了一切苦厄：离开黄州之后，他曾一度重新入朝为大学士，转眼却又被贬斥，被赶到了更加边远困苦的广东惠州，然后又是更加遥远的海南，然而他已毫不在意。在惠州的赤日炎炎下，他开口便笑："日啖荔枝三百颗，不辞长作岭南人"；在横渡雷州半岛，前往海南的路上，眼看天地间波涛茫茫，仿佛走到了天尽头，六十二岁的他回望身后渐行渐远的大陆，一生经历如电光石火般在心头闪过，虽已是将军白发的年纪，他却从容吟道：

心似已灰之木，身如不系之舟。

问汝平生功业，黄州惠州儋州。

三年后，1101年8月24日，六十五岁的苏东坡从海南返回，行到江苏常州时，死于馆驿之中。

三

苏东坡是不死的。

他离开黄州后，因行色匆忙，随手写下的《寒食帖》来不及收入行囊，被州衙一位杂役暗中收在家里，随即被前来探寻他墨迹的四川蜀州江原县人，时为河南永安县令的张浩以数百两银子的高价收藏起来。

张浩，世居于蜀州江原（今四川崇州江源镇）崇福寺旁。他的祖居叫善颂堂。江原张家本为西汉留侯张良所传下的一个支脉。晋室东渡之后，举家迁移到蜀州。江原当地传说，张家刚从北方迁移过来时，人丁不旺，家业不振，幸亏祖宗一直保留着"耕读传家"的传统。晴朗的日子，他们牵着家里仅有的一头水牛，汗水淋淋地在田里劳作；落雨的时候，张家的子侄们便由家中一位通晓文墨的长辈率领，在散发着农具味道的南窗下，朗声诵读：

> 伐木丁丁，鸟鸣嘤嘤。
> 出自幽谷，迁自乔木。
> ……

天上雨云漠漠。张家子弟的读书声从屋里响亮地透出来，回荡在稼禾碧绿的田野上，惊起了河湾里栖息的数只白鹭，在空中翩然回旋。

　　如此"晴耕雨读"大约三代之后，位于崇福寺不远的张家祖坟上，突然长出了一棵白色的檀木树。这棵檀木沐风栉雨，数年后便高达四五米。每到春天，枝条上便开满了白花，远远望去，形似一树琼玉。张家人欣喜异常，认为这昭示着张家血脉自祖宗生息的三晋之地散落全国之后，居于江原的这一支即将在蜀地迎来开叶散枝的繁盛局面，从此便自称为白檀张家。

崇福寺新貌。袁建摄

　　果不其然。白檀张家到了张浩父亲张公裕这一代，得益于赵宋王朝的科举制度，朝为田舍郎，暮登天子堂。数十载寒窗苦读，一朝金榜题名，得以入朝为官。张公裕为人宽厚，与同事李公择常诗酒唱和，颇为相得。也是《寒食帖》机遇巧合，李公择的妹妹恰是苏门四学士之一的黄庭坚的母亲。所以张浩自小便与黄庭坚在一起玩耍。长大之后，张浩虽文名不显，却眼光独具，尤爱苏东坡的诗、词、书三绝。东坡被贬谪在黄州之后，远在京城河南永安的他忧心忡忡地关注东坡的一举一动，当他听到东坡在黄州愁闷欲死，心里大恸，恨不得自己插翅飞到东坡身边，为其牵马执镫，磨墨铺纸。然而官职在身，乌纱难辞，他常为此夜不能寐，终日唉声叹气：我大宋何以不惜文士如此？

从黄州衙门的那位杂役手中得到《寒食帖》之后，张浩爱不释手。他将其精心置放，每次谒览前，都要洗手焚香。多年以来，张浩一直渴望自己能在书艺上有所精进，因此常在公务之余，走访村野，叩问禅院，搜寻街巷间的碑刻，谁知踏遍了夕阳余晖，却每每一无所得。正无限怅惘，却忽然每日里可以亲炙苏东坡手书真迹，真正是大喜过望。

北宋哲宗元符三年（1100），因母亲去世，正在江原守孝的张浩听说好友黄庭坚因官场人事倾轧，借探亲之名，正在岷江边上的青神县寄情山水，顿时萌生了一个念头：东坡远在海南，不知今生还否能够相见？倘不能再见东坡，这《寒食帖》须得另觅一高人为之题跋，方可珠联璧合，相映生辉。如今天下书艺，世人皆谓苏黄米蔡。米芾自己不熟悉，蔡京为人奸恶，唯有黄庭坚正好！

见好友张浩突然驾临，黄庭坚喜出望外。当张浩迎着岷江边的清风，在他面前的石桌上徐徐铺展开所带来的《寒食帖》时，黄庭坚眼里闪出了晶莹的泪花。他喜不自胜，于是应张浩之邀，挥笔为其题跋。文曰："东坡此诗似李太白，犹恐太白有未到处。此书兼颜鲁公、杨少师、李西台笔意。试使东坡复为之，未必及此。它日东坡或见此书，应笑我于无佛处称尊也。"

黄庭坚的这一篇跋，一改他以前对老师书法的偏见，转而对苏东坡的诗与书皆推崇至极。其题跋气酣笔健，与苏轼原作可谓是珠联璧合。他认为东坡的这篇书法作品熔冶了前辈大师如颜真卿、杨凝式、李建中等的高明技法，并提炼出了东坡书法前所未有的独特意趣！

联想起以前黄庭坚对东坡书法的评价，这则题跋仿佛出自另一位对苏东坡五体投地的欣赏者的手笔。然而细品其中意味，这中间却又饱含了两位绝顶书法家内心多少微妙的艺术思维与人生兴叹啊！

黄庭坚目光犀利。他一眼就看出了《寒食帖》那淋漓笔意在起承转合间的特别之处，字体不再是以往的肥厚倾侧，而是大小错落参差，动感十足，随着字形前后变化，许多字看上去笔锋凌然，更具惊喜。

神品本为天赐，岂是人力可求？久经书法三昧的黄庭坚面对这一卷《寒食帖》，长长地叹了一口气：试使东坡复为之，未必及此。

青神县本是苏东坡表妹兼妻子王弗的故乡，处处都留下了二人青梅竹马的痕迹。也许是对东坡太过熟悉，也许在青神的山水间看到了太多东坡的身影，黄庭坚的这段题跋表面上看起来写得非常自然，却又暗含了内心一点微妙的心思，比如他写下的字，竟然要比作为作品主体部分的苏字大了许多。从内容上看，黄庭坚在遵循题跋旧式赞扬了苏字之后，又转而谈起了自己，谈起了自己的书法和苏轼书法的微妙关系：它日东坡或见此书，应笑我于无佛处称尊也。

这里，黄庭坚的评语暗含了好几个层次。他虽然承认《寒食帖》的巅峰成就，但也表露了一点不服气、欲与东坡比高低的意思。作为那时书法界的一时瑜亮，这大约就是黄庭坚内心深处作为一名艺术家在艺术追求上的那一点微妙的争胜心理吧？

　　每个人都只能在自己的路上收获人生的风景。写这段跋文之际，正是黄庭坚由困顿转向奋发的好时光。同样喜爱书画的宋徽宗登基以后，黄庭坚作为王安石反对派的"前罪"遭赦，得到了监管鄂州盐税的官职。本拟即刻赴任，却因江水大涨不能成行，于是索性乘舟到青神探访亲友，正在潜心揣摩蜀地山水意境的他恰逢张浩之请在《寒食帖》上题跋，于是悠悠情思都留在了东坡的诗书之后。

　　或许是暗中为自己定下了目标，第二年，也就是北宋徽宗靖国元年（1101）五月，黄庭坚写下了他生命中最重要的作品《经伏波神祠》长卷。这件书法令人惊人心魄。文徵明评其"真得折钗、屋漏之妙"。苏轼和黄庭坚二人早年均学颜真卿，在颜、柳之外，黄庭坚也常临苏字，然而他一直活在苏东坡的影子里。《经伏波神祠》是黄庭坚晚年的代表作，黄庭坚对这幅作品也颇为自得。他在卷后题道："持到淮南，见余故旧可示之，何如元祐中黄鲁直书也。"在诗法上标榜"夺胎换骨"的黄庭坚，终于在为《寒食帖》题跋之后，迎来了自己的书艺高峰。

　　三年后，1105 年，六十岁的黄庭坚走完了自己的人生历程。在那云蒸霞蔚的天堂里，他该重逢了东坡。两人应该从此摆脱了人间的烦恼，终日把酒临风，逍遥自得地在云雾间论字，在星辰间吟诗吧？

四

　　与黄庭坚在青神县盘桓数日后，张浩兴冲冲地带着《寒食帖》向江原祖宅善颂堂进发。朝政日益不堪。宋徽宗登基后，对蔡京依旧宠信，让天下有识之士寒心不已。张浩早已有了归乡的打算，此次如愿得到了黄庭坚对《寒食帖》的题跋，内心更下了决心要将它藏之于老屋，让苏东坡和黄庭坚二人联袂而成的这幅珍贵墨迹陪自己度过余生。

　　1100 年 8 月，川西一带正是谷黄秋收的季节。沿着岷江边蜿蜒铺展的官道上，马蹄嘚嘚，走来了终于得以归乡隐居的张浩。为官多年，他不曾"一年清知府，十万雪花银"，简单的行囊里，除《寒食帖》之外，还有一幅仁宗皇帝的《飞白书》，此外仅诗书一卷，清风两袖。

　　转眼数十年过去，风流倜傥的道君皇帝宋徽宗被金兵掳到了黑龙江五国城"坐井观天"，张浩也住进了那白檀繁茂的张家坟园。昔日威势赫赫的大宋只剩下了"西湖歌舞几时休"的半壁江山。

　　这一年清明祭祖，张浩的族孙张缜因在朝中担任了秘书省正字，负责管理国家图书典籍及参与编修国史的工作，方得以在老屋深处的一间书斋里得见了《寒食帖》的庐山真面目。暮春的夕照从窗棂中投射进来，洒在面前的墨卷上，黑白交织的字里行间如斑驳着点点碎金。饶是张缜早已见多识广，当他第一眼望去，那碎金间的每一个字突然奔涌起来，如奔马似剑戟般，静默的天地间风声如啸。他内心顿时狂呼不已：

"绝代之珍！绝代之珍！……"

对《寒食帖》的惊鸿一瞥让张缜就此变得茶饭不思，整日沉浸在苏、黄二人精妙的书法意趣之中。他叹服黄字的峭拔，更倾心于东坡诗书双绝的偶然天成，联想起山河破碎，不禁为伯祖张浩苦心收藏《寒食帖》、保存大宋那一缕文化血脉的痴绝感动不已，思之万千，他决定仿效黄庭坚，在帖上题跋，向后人讲述苏东坡《寒食帖》与自己家族相依相伴的深情故事：

> 却东坡老仙三诗，先世旧所藏。伯祖永安大夫尝谒山谷于眉之青神，有携行书帖，山谷接跋其后。此诗其一也。老仙文高笔妙，灿若霄汉云霞之丽，山谷又发扬蹈厉之，可为绝代之珍矣。昔曾大父礼院官中秘书，与李常公择为僚。山谷母夫人，公择女弟也。山谷与永安帖自言，识先礼院于公择舅坐上，由是与永安游好。有先礼院所藏昭陵御飞白记及曾叔祖卢山府君志，名皆列山谷集。惟诸跋世不尽见，此跋尤恢奇。因详著卷后。永安为河南属邑。伯祖尝为之宰云。三晋张缜季长甫。

张缜之后，再次得见《寒食帖》真容的，应该是著名诗人范成大。

1177 年（南宋孝宗淳熙四年），担任四川制置使的范成大奉调回京。在成都待了三年多，他一直忙于公务，无暇饱览蜀地景色。此次回京，他选择了由水路出三峡，首段旅途便是沿文井江顺河而下。

　　正是"漠漠水田飞白鹭，莺莺夏木啭黄鹂"的五月末。范成大一路马蹄嘚嘚，从成都直趋郫县安德铺（今名安德镇），然后抵达永康军（今都江堰市），准备由此抵达蜀州元通古镇行船至江原，然后达新津县，再扬帆东下。

　　在都江堰，范成大登上西门城楼（又名玉垒关），领略了一番杜甫笔下那"玉垒浮云变古今"的万千气象后，于六月初三晚到达了青城山。在山中一处名叫长生观的道观里，他兴致勃勃地欣赏了北宋画家孙太古笔墨奇雄的《味江龙》，在苍松暮云间盘桓两个晨昏后，进入蜀州地界已是六月初七。

　　那天早晨，范成大从青城山下出发，一路流水淙淙，帆影悠悠，转眼间两岸朝云暮霭，当晚宿于元通镇外圣佛院。第二天抵达江原善颂堂，并在此与张缜在月下把酒临风，促膝长谈。

　　多年以后，范成大在老家苏州吴县归隐林下，江南的田园风光令他情致盎然：

　　　　新筑场泥镜面平，家家打稻趁霜晴。
　　　　笑歌声里轻雷动，一夜连枷响到明。

　　就在那江南暮秋的连枷声声中，范成大铺开纸笔，回忆起了当年放船出川的情景，蜀州元通一带的景色首先涌现出来，那一河碧波在墨行间荡漾婉转："江水分流，滩声聒耳。人家悉有流渠修竹，易成幽趣。"然后他笔锋一转，写到了善颂堂和张缜："季长之族祖浩藏仁宗飞白书及……"范成大此行很有可能也欣赏到了《寒食帖》，但出于对张家的承诺，他没有将自己拜谒这幅东坡真迹时的所见所闻所思所见诸文字，给今天的我们留下了极大的遗憾……

　　就在范成大离开之后不久，因世事日益动荡，经慎重考虑，张家便将《寒食帖》深深地秘藏了起来，再也不轻易示人。

<h1 style="text-align:center">五</h1>

　　墨迹历久弥香，江山几度变色。

　　就在张家数代人苦心孤诣、想尽各种办法保存《寒食帖》之际，蒙古铁骑来了。《寒食帖》就此离开深深爱着它的蜀州故土，开始了自己此后长达六百多年颠沛流离的生涯。

　　它首先去到的地方，是南宋末年四川抗元堡垒之一的云顶山。

　　云顶山位于成都平原东北部金堂县境内，系龙泉山中部最为雄伟的山峰，海拔虽仅有九百八十多米，却因俯视着一马平川的成都平原，显得山势挺拔，峭壁入云，最高处的云顶峰更是巉岩壁立，似刀削斧砍。奇特的是，如此险峻的山峰顶上却环布着数十亩平坦之地，边缘磐石环护，犬牙交错，状若一座天然城垣。因此，当地人又称其为"石城山"。

　　威风凛凛的"石城山"脚下，千里沱江缓缓流淌。

　　这里自古为兵家必争之地，因形如一把铁锁，紧紧扼守住川东北水路进入川西平原的进出咽喉。早在三国时期，便传说诸葛亮曾在此屯兵守隘，利用其易守难攻的地势，布防得如水泄不通的天险一般。

　　1251年初秋一个乌云惨淡的午后，蒙军三万铁骑浩浩荡荡朝云顶山直扑而来。黄昏时分，蒙军在山下的沱江边扎下营来，点燃万支火把，人喊马嘶，映得夜空一片血红。次日一早，蒙军派人上山传话，要守卫石城山的宋军投降。蒙古使者趾高气扬，扬言若不投降便将山上杀得寸草不留。

将士们杀了来使，决心死战到底。第二天凌晨，五百多名蒙军爬到半山进行试探性进攻。宋军拨出三千人守在山旮旯里，其余四千多人藏在草树掩映的地洞和壕沟中，待蒙军攻到北城门正要搭云梯时，宋军突然火炮齐发，弓弩猛射，滚石檑木暴雨般倾泻下来……

眼看巍峨耸峙的云顶山一时难以攻下，蒙军便调转方向，收买了当地山民，派出一支轻骑兵绕道翻过龙泉山，朝成都直扑而去。一马平川的锦绣天府怎能抵挡得了？转眼间，蒙军攻陷成都，纵兵屠杀，花团簇拥的锦官城被屠戮一空。蒙军还不罢休，随即纵兵四出，准备渡过岷江，趁势杀向成都西边的蜀州、大邑等地……

消息传到江原。善颂堂立刻召集来了六名族中少年，商议将秘藏在祖屋书斋之中的东坡《寒食帖》、仁宗飞白书等墨宝送往云顶山，交给与张家素有交谊的兵部侍郎、四川安抚制置使余玠妥善保管。少年们闻言大哭，不忍离别。正相对垂泪之际，门院外已传来了乡人们奔走呼号的声音。登高一望，只见地平线上黑压压尘土飞扬，蒙军的马蹄声已隐约可闻。族长张昭立即声色俱厉喝令少年们将墨迹裹入贴身褰衣，然后让他们迅速躲入崇福寺大殿秘藏舍利子的地窖之中……战火随即燃了起来。不过电光石火的功夫，延续了数百年的善颂堂华屋就变成了一片残烟缭绕的瓦砾场。

蒙古大军离开后，少年们从地窖里钻出来，眼见得祖屋的断壁残垣间横七竖八地躺满了尸体。少年们眼噙哀泪，徒手掩埋了亲人之后，便登上了藏在河边竹林深处的一叶小舟。在惨淡的星光下，小舟顽强地发出"汩——汩"的声音，向金堂方向而去……

《寒食帖》就此来到了抵抗蒙古大军的最前线。那时候，在余玠的部署下，全川已相继建筑起了八座石头城，与蒙古大军进行着殊死搏斗。除云顶山石城外，分别还有蓬安运山城、苍溪大获城、通江得汉城、奉节白帝城、合川钓鱼城、南充青居城、剑阁苦竹城，后人称它们为"蜀中八柱"。硝烟弥漫在"蜀中八柱"的每一座山头上。善颂堂张家的少年子弟们抱了必死的信念，跟随余玠奔波在"八柱"之间……静静地散发着墨香的《寒食帖》就收藏在少年们的宿舍里。少年们商定，每当有一人战死，就把《寒食帖》从秘藏的地方取出来，置于室内的神龛上，为死者在《寒食帖》前燃一炷香，以告慰善颂堂先祖们的在天之灵……如果只剩下最后一人，就依照族长张昭之言，将《寒食帖》及仁宗飞白书交给余玠，由将军来负责这中华墨宝今后的命运……

云顶石城与苏东坡墨宝一相伴就是整整十五年。十五载冬去春来，善颂堂的少年们也在战火中成长起来，然而他们的生命却相继在最盛的年华戛然而止。当最后一人在血泊中倒下时，《寒食帖》也永别了南宋最悲壮的抵抗将军，迎来了自己此后不堪追问的命运。

1266 年春，已经攻打云顶石城达十五年之久的蒙军得到大规模援兵后，再次发动了声势浩大的进攻。这一次，蒙军首先用火炮摧毁了山上的屯田，让本已断粮的守军雪上加霜。守军吃完了野菜杂草，开始杀军马，军马杀光后，就剥树皮吃。当满山的树木都被剥得枯槁之后，负责防守石城南门的副统制姚世安再也扛不住了，他趁着月色溜下山去，降了蒙军。三天后，姚世安凭借熟悉地形，带蒙军敢死队摸上山来，猛烈进攻。包括善颂堂最后那名子弟在内的三百五十名宋军从清晨激战至黄昏，全部阵亡。不愿投降的余玠决定自杀。服毒之后，处于弥留状态中的他恋恋不舍地用双手摩挲着苏东坡的墨迹，仿佛眼前这丝绸般柔薄的纸张竟有如中华万里江山一般沉重。片刻之后，他怒喝一声，眼里喷出血来，就此殉国。

南宋王朝最后的堡垒就此陷落。

随即，《黄州寒食诗帖》被作为战利品，送入了大都城。马上出身的蒙古皇帝为了显示自己的风雅，或许更为了证明自己是这幅墨迹的主人，蛮横地在上面盖上了自己的图章，时为元文宗天历二年，即 1329 年。元文宗的蒙古名字叫孛儿只斤图帖睦耳。他盖在《寒食帖》上的图章叫"天历之宝"。

此后，《寒食帖》的命运在历史的缝隙间歪歪斜斜地一路奔波：历经数百年战火离乱之后，它辗转到了日本。"二战"结束后，由当时的国民政府外交部部长王世杰重金购回，并题跋于其后，略述《寒食帖》流之于日本及其归国之大致过程。王世杰去世后，转藏于台北故宫博物院至今。

六

2017 年暮春，川西大地菜花怒发，从空中俯瞰下去，地面宛如黄金国。为写作这篇文章，我冒着潇潇春雨，满脚稀泥地深入江源镇崇福村一带寻找张家善颂堂的准确地点。奔波数天后，在一排由木槿花围成篱笆的一处农舍前，一位白发萧然的张姓老人终于向我指点出了当年善颂堂的位置：就在他房舍后面一排由麻柳、桤木、构树组成的林木深处。放眼望去，林木幽深，史前般寂静。

老人找来一根竹竿，一面往空中扫荡蛛网，一面左右拨打着杂乱的草丛。他边走边说，蜘蛛网最可恶，他养了一箱蜜蜂，每次飞出去采蜜都有不少被蛛网粘住，一夜过后，蛛网上挂着的蜜蜂们就只剩了一个个空壳。弯弯曲曲地走了一阵后，幽暗的地面上隐隐凸起一道石埂。老人指着那道石埂对我说，看，那就是张家房子的屋基。

我分开草丛，看见那道石埂在地面凸起约有五六米长。绿得发黑的青苔覆盖在上面。我抬起头，苦苦寻觅着那回荡在时间深处的声音：

> 伐木丁丁，鸟鸣嘤嘤。
> 出自幽谷，迁自乔木。
> ……

脚下，一根草茎从石缝中冒出来，开出了一朵孤零零的黄花。

附：

《寒食帖》离开蜀州后，六百年命运追索

　　元文宗之后，《寒食帖》进入了明朝皇室手中。一个偶然的机会，书画大家董其昌目睹了这幅珍贵的墨宝，他一见大惊，在帖后题其跋曰："余生平见东坡先生真迹不下三十余卷，必以此为甲观。已摹刻《戏鸿堂帖》中。董其昌观并题。"

　　有趣的是，董其昌走上书法艺术的道路，起因却是十七岁那年参加会考，松江知府在批阅他的考卷时，本来已因董其昌的文才而将他名列第一，但却嫌他考卷上字写得太差，就把第一改为了第二，将字写得较好些的董其昌的堂侄董源正拨为第一。这件事极大地刺激了董其昌，自此钻研书法。

　　明朝灭亡之后，清顺治年间，《寒食帖》辗转落到了益都人孙承泽之手。孙承泽本为崇祯年间的进士，官给事中，降清后，官至吏部左侍郎。他收藏甚富，《寒食帖》上的"北平孙氏""退谷"两印，即为他钤盖。

　　康熙年间，《寒食帖》被纳兰容若收藏。这个多愁善感的满洲词人喜得之后爱不释手，钤盖了不少印章，如"容若书画""成德容若""成子容若"等。遗憾的是，纳兰容若未曾在《黄州寒食帖》后题跋。

　　纳兰容若死后，《寒食帖》进入了清宫，乾隆皇帝一见便"倾

倒已极",赞其为"无意于佳乃佳者"。乾隆十三年（1748 年）四月初八，乾隆题跋于帖后，文曰："东坡书豪宕秀逸，为颜、杨后一人。此卷乃谪黄州日所书，后有山谷跋，倾倒至极，所谓无意于佳乃佳……"为彰往事，又特书"雪堂余韵"四字于卷首。

咸丰十年，英法联军火烧圆明园，《寒食帖》落入民间，为冯展云获得。《寒食帖》因遭遇圆明园大火，所以留下了火灼的烧痕。冯展云去世后，为盛伯羲所获。1902 年，盛伯羲带着《寒食帖》去拜访张之洞，张见之而赏玩不已。其时张之洞为两江总督。盛伯羲见他爱不释手，于是明言可赠送，同时婉转有求官意。张之洞说："若以价相让，当留之，否则不受也。"盛伯羲大失所望。

盛伯羲去世后，《寒食帖》为完颜朴孙重金购得。1917 年，北京举办书画展，《寒食帖》被送呈展出，一时引起书法界轰动。1918 年，《寒食帖》转藏于颜韵伯。颜韵伯是广东人，居于北京，善鉴赏，富收藏。他对《寒食帖》也珍爱有加。当年 12 月 19 日是苏东坡生日，颜韵伯题跋记其递藏本末："东坡寒食帖，山谷跋尾，历元明清，迭经著录，咸推为苏书第一。乾隆间归内府，曾刻入三希堂集。咸丰庚申之变，圆明园焚，此卷劫余，流落人间，有烧痕印。其时也，嗣为吾乡冯展云所得。"

1922 年，颜韵伯游东京，将《寒食帖》高价转让日本收藏家菊池惺堂。1923 年，东京遭遇大地震，菊池家遭受火灾，其所藏名人字画几乎毁损殆尽，而菊池惺堂却冒险将《寒食帖》于烈火中抢救出来。第二次世界大战后期，东京频遭轰炸，《寒食帖》幸保无恙。"二战"一结束，国民政府外交部部长王世杰秘访得《寒食帖》下落，即重金购回中国，并题跋于其后，略述《寒

食帖》流之于日本及其归国之大致过程。王世杰去世后，此帖转
藏台北故宫博物院至今。

　　王世杰的题跋是这样说的："东坡先生此帖，曾罹咸丰十年
英法联军焚毁圆明园之厄，尔后流入日本，复遇东京空前震火之
劫，详见卷后颜世清、内藤虎两跋。二次世界战争期间，东京都
区大半为我盟邦空军所毁，此帖依然无恙。战争甫结，予嘱友人
踪购得之，乃购回中土，并记于此。后之人当必益加珍护也。民
国纪元四十八年元旦，王世杰识于台北。"

蜀州记

一

新世纪十三年，古蜀州三千年。

二

1981年冬，作家贾平凹入川。这是他生平第一次接触蜀地风情。他乘坐的火车由西安出发，抵达宝鸡后沿宝成线一路往西，穿秦岭，跨巴山，越剑门，蜀道之难让这个新时代的"鬼才"也不堪忍受，放声吟出了当代的"噫吁嚱"：钻进一个隧洞，黑咕隆咚，满世界的轰轰隆隆，如千个雷霆、万队人马从头顶飞过；好容易出了洞口，见得光明，立即又钻进又一隧洞……如此两天一夜，实在是寂寞难堪。

然而当山们骤然小去，一个花红柳绿的世界却地毯般铺展开来，繁华之境顿在眼前，让贾平凹又惊又喜："一下火车，闹嚷嚷的城市就在眼下，满街红楼绿树，金橘灿灿。"他觉得，这四川（其实应该是成都平原）就像一个金橘，被一层苦涩涩的橘皮包着，裹着，剥开来，却似一团妙物仙品，弥散着夺人的馨香。

这正是千百年来蜀地给予外部第一印象的真实写照。两千多年来，或者说，自五丁开山打通金牛道，让僻处西南腹地的蜀地与秦塞通人烟以来，成都平原的物产富饶与人文繁盛，一直是从中原地区到整个北中国心目中的"香格里拉之境"。

贾平凹是陕西商州人，与商州同属陕西南部的汉中与四川的风土人情极为相似，饶是如此，天府之国那令人意想不到的富贵温柔还是让他啧啧称叹。只可惜他那年只在成都作了短暂停留。倘若他忽然逸兴俱怀，辞杜甫，别草堂，穿青羊，出成都后再一路往西，转眼间就会跨过那条波光粼粼虬龙般盘踞的金马河（即岷江）。那时，他定会更加惊喜地发现，在离成都只有区区三十公里的地方，竟然另有一个别有洞天别具韵味的"蜀中之蜀"在等着他！

三

"江湖四十余年梦，岂信人间有蜀州。"

假如那一年贾平凹与蜀州相遇，他会不会也像陆游当年吟出这一句诗一样，书写自己的蜀州印象，发出自己的"蜀州感慨"呢？中国当代文学的篇章里，会不会也因此而增添了一篇读来令人拍案叫绝的美文？

人与人要讲缘分。同样的，一座城、一个地方会与谁相遇、相识、进而相看两不厌，也要讲缘分。

贾平凹的文学生命中已经有了商州，那是上天给予他最美的礼物。就像上天同样把凤凰给予了沈从文、把莫言降生在高密东北乡一样，其中蕴含着无法言说的玄机。

从这一点来说，蜀州又是非常幸运的，因为她早在九百年前，便于茫茫人海中遇见了陆游。这个从细雨中骑驴而来的落寞诗人与古蜀州一见倾心，相得益彰，各自获取了生命中最美好的年华，成就了中华文化史、诗歌史上的一段佳话。

蜀州的历史文化遗产也因此而具有了可圈可点的精彩一笔。

四

先有城，后有文。

换言之，即先要有人群集聚，进而筑城成市（集市），才会有人文荟萃，文化积淀。

蜀州的文明进程，自然也得遵循这样的历史规律。

现在已经无从知道蜀州筑城的具体时间了。翻开史料，那上面只给了我们短短几行有限的记述：（蜀州历史悠久）汉高祖元年（公元前206）置江原县；唐武则天垂拱二年置蜀州，领晋原、唐隆、青城、新津四县；南宋绍兴十四年（1144）升为崇庆府，亦领数县；元代至元二十年（1283）降为崇庆州；民国二年（1913）废州改为崇庆县；1994年，撤县设崇州市。

从汉高祖高唱《大风歌》那年的江原县到20世纪末期高速发展的崇州市，两千多年来，蜀州曾经历了怎样的风云变幻，历史烟尘？

历史的天空虽然烟雾重重，令人难以猜度，但有一点当是确证无疑的，那就是，蜀州的历史文化发展与战国时期司马错献策取蜀、李冰父子修建都江堰、张仪筑成都等事件是密不可分的。也就是说，蜀州确凿可查的文明史应该是与成都同步发展起来的。

我们知道，成都平原的历史分为截然不同的两部分。第一部分是古蜀即先秦时期，那是传说中的望帝杜宇、丛帝鳖灵生活的时代。那时候，蜀州的身影就已经出现在了上古的神奇传说之中——西汉扬雄在《蜀王本纪》中记载：后有一男子，名曰杜宇，从天坠，字朱提。有一女子，名利，从江源井中出，为杜宇妻。乃自立为蜀王，号曰望帝。

据传说，那个起初名叫利、后来成为杜宇王之妻的女子，就生活在当年的江源、后来的蜀州（如今的崇州）一带。那时候的蜀州先民们，在望帝的治理下，正逐步从生产力较为低下、简单朴质的"依水草而居"的渔猎生活向出产稳定、收获富足的农耕定居生活发展过渡。

望帝春心托杜鹃。当杜宇王不得不将帝位禅让给丛帝以后，魂魄便化成了杜鹃鸟。至今，每到春耕农忙时节，在蜀州广袤的乡村上空，常常能听到杜鹃啼鸣的悲怆声。乡人们说，那是望帝杜宇在呼唤自己的爱妻朱利呢。

历史在公元前316年出现了重大转折。从这一年开始，蜀地的文明开始了崭新进程，历史的天空也从故事传说的模糊不清开始一点点变得清晰可辨起来。"夫蜀，西辟之国也，而戎狄之长也，而有桀、纣之乱。"（《战国策·秦策三》）就在包括蜀州在内的古蜀国人民沉浸在自己与世无争其乐融融的小国寡民生活之中时，它身旁的强邻秦国已派人摸清了古蜀国的虚实。战争，不由分说地悄然来临了。

公元前 316 年，秦惠王九年，古蜀国与巴国发生战争，消息传到秦国，秦国君臣们在大殿上展开了一场是否趁机攻打蜀国的辩论。最终，大将司马错（司马迁的八世祖）的主战观点占了上风。秦惠王当即派他统领大军，从金牛道星夜入川，纵横千里，兴兵灭蜀，将古蜀国的最后一位国王杀死在逢乡（今四川彭州市西北）的白鹿山下。古蜀国的历史就此完结。

从此，与成都平原的其他地方一样，蜀州也进入了一个全新的历史时期。

五

秦灭蜀国的一个最重要的战略考虑，便是攻下蜀国后既可得到充足的人力物力充实军备，又可占据有利地势顺水而下攻打楚国。其战略决策在今天读来竟颇有几分"田中奏折"的意味，这说明秦在当年确实是个令其他国家谈之色变侵略成性的"虎狼之国"："其（蜀）国富饶，得其布帛金银，足给军用。水通于楚，浮大舶船。以东向楚，楚地可得。得蜀则得楚。楚亡，则天下并矣。"

然而令人遗憾的是，一部人类文明的发展史，从来都是伴随着血与火的征服史。秦灭六国，建立起大秦王朝，从此"百代都行秦政制"，奠定了中华民族大一统的基础，促进了历史的进步。

秦灭蜀国后，做得最好的一件事就是派李冰父子修建了都江堰。从此，成都平原风调雨顺，水旱从人，不知饥馑。更重要的是，从此，包括蜀州在内的成都平原就成了秦国的大粮仓。源源不断的小麦、稻黍等五谷在龙门山下、文井江畔被大秦帝国忠心耿耿的基层干吏们收集起来，送到成都，然后沿着金牛道，一路翻山越岭运到了咸阳，再跟着秦国大军那规模浩大的战车集群，纵横南北中国，行进到齐鲁之巅、燕赵纵深……

历史已经充分地证明，没有富饶的成都平原和八百里秦川提供的充足粮食，秦扫灭六国建立统一的大秦王朝的千古霸业根本无从谈起。从古至今，战争，打的都是综合国力。

也就是从秦灭古蜀国开始，以成都平原为中心的蜀地渐渐演变成了中国历史版图上一块悲喜剧交织的独特地方：它富甲天下，犹如一块肥肉，令人垂涎，却又毫无保护自己的能力。因此，在后来的岁月中，四川独特的地理地貌既成就了像蜀汉刘备那样的一代君王，却也招致了张献忠屠蜀那样的惨绝人寰之劫。

然而，到了抗战时期，四川又猛然醒来，一举成为中国坚不可摧的"大后方"，贡献出了千百万巴蜀儿女，为灾难深重的中华民族屹立于世界民族之林做出了不可磨灭的贡献。

处于成都平原腹地的蜀州，自然也在历史长河的淘洗中，逐步形成了自己独特的城市性格与人文文化。

攻取蜀国后，为了加强对这片新占领区域的控制与治理，秦国采取了很多有力的措施。几乎就在李冰父子修建都江堰的同时，著名的纵横家张仪也奉秦王之命，仿照咸阳的模式在蜀地修筑城市。他殚精竭虑，克服平原潮湿土软的困难，相继修筑了成都城、郫城、临邛城等。常璩《华阳国志》对此作了如实的记述：秦"惠王二十七年，仪与若城成都，周回十二里，高七丈；郫城周回七里，高六丈；临邛城周回六里，高五丈。造作下仓，上皆有屋，而置观楼射兰"。

从此，以成都为中心，古老的成都平原上开始出现了一座又一座具备古老城市功能的城镇。它虽然远远不能与今天的城市相提并论，却也渐渐人烟麇集，烟柳笙歌，繁华一时。这中间，就有蜀州。

《华阳国志》里虽没有蜀州筑城的明确记载，但是，自张仪筑城造成都起，因了丰饶的出产与便利的交通，也因了山水的风貌和物华的滋养，在由秦到唐之前的数百年间，蜀州渐渐出落成了一位养在深闺的绝色女子。她隐藏在成都这座芙蓉之城的后花园里，风姿绰约，在外部世界的目光里时隐时现……

然而，那时候的蜀州却难掩几分素面朝天的简陋。如果要打比方的话，那时的蜀州就如一位处于青涩年代的少女，虽然丽质天生，却分明少了几分内涵，缺了些许韵味。那种外在的容颜，仅仅只是一种苍白的美。

她还在等待着人文的滋养，等待着文化给她添上一份高贵与优雅的气质，让她脱胎换骨，从而焕发出真正的国色与天香。

文化，是一座城市一个地方甚至一个国家的点金之术。我们不能设想，倘若没了"烟笼寒水月笼沙""乌衣巷口夕阳斜"那样一连串的诗句，南京城、秦淮河乃至整个的江南风情还能有那么大的魅力吗？这样的例子，全中国乃至全世界早已不胜枚举。

山水虽有容，还需文采去增色。

六

　　蜀州有幸，公元 618 年，中国历史上终于出现了一个叫唐的王朝。

　　唐这个王朝在中国历史上很特别。多年以后，它强大的军队和巍峨的宫殿早已灰飞烟灭荡然无存，留下的几百首诗歌却依然生机勃勃，甚至让中国这片土地享有了世界声誉。排在它前面的隋王朝就没有这种荣耀。

　　这些诗都很短，五言、七言，几百首诗加在一起，恐怕只有寥寥数十万字，还没有当下一个网络写手在电脑上一个月码下的字多。然而，直到今天，它们依然鲜活地活跃在我们的生活之中：

　　　　床前明月光，疑是地上霜。
　　　　举头望明月，低头思故乡。

　　这首诗加上标题也才二十三个字，而且简单得就像一杯白开水，可是千年之后读它，依然还有一种神奇的魅力将我们的身心摄住。可以肯定的是，它还将被诵读千年。

　　就在这种文化原创力的爆发期之中，终于有一个人撩起了蜀州的面纱，将目光投向了这里。随之，古蜀州的名字被传唱开来。

　　这个人叫王勃。

公元 670 年左右，年仅二十岁的王勃写下了这首《送杜少府之任蜀州》，全诗四行，四十字，无尽的意味让古蜀州登上了中华文学史，就此声名初露：

> 城阙辅三秦，风烟望五津。
> 与君离别意，同是宦游人。
> 海内存知己，天涯若比邻。
> 无为在歧路，儿女共沾巾。

王勃后来渡海时溺水而亡，只活了短短的二十六岁。他同时代的所谓"初唐四杰"中，卢照邻不堪病痛折磨，投水自尽；骆宾王参与徐敬业起兵讨伐武则天，兵败后下落不明；杨炯虽得善终，却也屡遭贬斥，一生坎坷。

王勃当年创作这首诗时，只是站在遥远的京城长安遥望蜀州一带而已。那时候的蜀州在长安人看来，可能仅仅只是一块生存条件恶劣的边陲之地。历史在这里又一次显示了它那强大的偶然性，假如王勃那位姓杜的朋友不是到蜀州做官，那么，蜀州之名很可能就已经被其他的什么州等地名代替了。

从诗的内容来看，蜀州的风貌一无所现。在这里，蜀州并不是诗人的吟咏对象。她的自然风光、人文风景、民俗风情等，还没有成为文艺创作中的审美对象，没有获得自己独立的生命力。

王勃将蜀州的面纱轻轻撩起又放下了。唐朝初年的蜀州，还在静静等待着她的知音。

七

　　王勃之后又过了一些年，裴迪来了，高适来了。然后，伟大的杜甫来了。

　　他们的到来，与一座叫罨画池的园林有关。

　　中国传统的文艺创作，如诗、词、歌、赋等，十分重视对人文景观的解读。究其原因，乃是因为人文景观蕴含了大量的历史信息和文化信息。创作者们面对着的，不仅仅是一座建筑，而是朝代兴衰、人世沧桑，是"旧时王谢堂前燕，飞入寻常百姓家"，是"东风不与周郎便，铜雀春深锁二乔"，更是"出师未捷身先死，长使英雄泪满襟"，那种个人对历史无法言说的沉重思考，那种生命对时空无法逾越的悲叹之情，都被托付给了对一个园、一条巷、一座庙、一处宫殿甚至一座城的抒写之中。

　　这种抒写又被叠加在了人文景观之中，成为它自身的一部分。罨画池就是如此，作为蜀州最知名的人文建筑，它的身上，各种诗情并存，构成了蜀州丰厚的历史文化遗产。

　　今天的罨画池已被辟为人民公园。而唐时期的罨画池乃是地方官们待客的后花园，其景色以梅花和菱花烟柳为胜，被誉为蜀州胜景。王维的终生好友、善写山水田园诗的裴迪任蜀州刺史时，有一年恰逢罨画池东亭梅花盛开，便邀请杜甫登临观赏。杜甫兴致勃勃地观赏后，写下了《和裴迪登临蜀州东亭送客逢

早梅相忆见寄》一诗，表达了内心"东阁官梅动诗兴"的喜悦
之情：

> 东阁官梅动诗兴，还如何逊在扬州。
> 此时对雪遥相忆，送客逢春可自由？
> 幸不折来伤岁暮，若为看去乱乡愁。
> 江边一树垂垂发，朝夕催人自白头。

这应该是古蜀州文化史上最为光彩丛生的一刻。因了杜甫诗
情的点染，蜀州得以沐浴了"诗圣"的光辉。自唐以后的一千多
年间，准确地说，自人间再也见不到杜甫的身影之后，杜诗的光
辉便一直照耀和哺育着中华文明。他用自己历经坎坷的一生写下
的那些典雅朴质、正气浩荡、悲天悯人的诗歌，展示了儒家文化
的最高之境，与韩愈的文章、颜真卿的楷书一起，形成了中国传
统文化的三座高峰。

和王勃只轻轻撩起蜀州的面纱不同，在杜甫笔下，蜀州的景
与物已经成了自己情怀寄托的对象。这是蜀州的景物第一次被一
位伟大的诗人吟诵，在诗中，杜甫将景与情有机地交融在一起，
蜀州东亭的朵朵梅花就此获得了永恒的文化生命。

然而成就了杜甫的还是成都的草堂。蜀州在杜甫的文化生命
中，只扮演了一次被采风的角色。

养在深闺人渐识的蜀州，依然还在苦苦地等候着与她心灵呼
应、身心交融的那位知音。

八

这一天终于到来了。

这应该是中国文化史、诗歌史上最动人的相遇，注定流芳千古。在漫长的历史长河中，能与之媲美的，仅仅只有王维与辋川的相守、苏轼与黄州的相知、林逋与西湖的相恋等为数不多的例子。

它已经超越了一个人爱上一座城的狭小情怀，而是一座城温暖一个人，是一座城与一个人的相互映照、相得益彰。

1173 年，也就是南宋孝宗乾道九年，陆游被任命为蜀州通判，相当于副州官，不久，他又被调到嘉州（今四川乐山），当年年底又回到了蜀州，住进了杜甫曾游历过的罨画池。

这一年，陆游已经整整五十岁了。

这一年，距离靖康之变、北宋灭亡已经整整四十六年了。

从四岁的孩童到知天命的半百之人，忧国忧民的陆游多年来疾呼收复失地，却一直报国无门，满怀郁愤。初到蜀州，刚安顿下来，看着眼前满池的秋水，他便写下了感人肺腑的诗句：

> 流落天涯鬓欲丝，年来用短始能奇。
> 无才藉作长闲地，有癔留作剧饮资。
> 万里不通京洛梦，一春最负牡丹时。

　　　　荚筊报与诸公道，罨画亭边第一诗。

　　　　　　　　　　　　　　——《初至蜀州寄成都诸友》

　　然而，蜀州美丽的风物很快就给予了他极大的安慰，将他从愁苦之中解脱了出来：东阁红梅的幽香扑鼻；唐安道上三千官柳的妩媚堆烟；罨画池边的曲径通幽；城东百亩东湖的水势豪盛，烟波浩渺，鱼鸟相戏……蜀州独有的风物，在陆游笔下开始获得了自己独立的、美的文化生命。他带着儿子，缓步在东湖的放怀亭上：

　　　　凭栏投饭观鱼队，挟弹惊鸦护雀雏。
　　　　俗态似看花烂漫，病身能斗竹清癯。

　　　　　　　　　　　　　　——《暮春》

　　他带着家人，在罨画池边钓鱼捕蝶、饮酒赋诗：

　　　　罨画池边小钓矶，垂竿几度到斜晖。
　　　　青苹叶动知鱼过，朱阁帘开看燕归。

　　　　　　　　　　　　　　——《秋日怀东湖》

　　在城里累了，他就走出城去，一个人与山、河流、寺庙、树木等默默相对，将蜀州的自然风貌变成自己审美移情的对象，因景生情，以情入景，安慰自己那颗疲惫不堪的心灵。
　　在蜀州怀远附近的化成院（今大明寺）附近，他看见了满山的古柏森森：

　　　　绿坡忽入谷，蜓蜿苍龙蟠。

　　　　　　　　　　　　——《化成院》

他久久注视着庙里的古塔、凌空笔立的双楠，神思飞逸：

　　　　孤塔插空起，双楠当夏寒。

　　　　飞屐到上方，渐觉所见宽。

　　　　　　　　　　　　——《化成院》

他讥讽庙里的和尚长了一双势利眼，一边写，一边抿嘴暗笑：

化成院双楠。作者摄

肥僧大腰腹，呀喘趋迎官。

走疾不得语，坐定汗未乾。

——《化成院》

1174年7月，蜀州久雨，文井江江水泛滥，冲毁大量房舍田畴。望着满河漂着的房料、牲畜和禾苗，陆游愁肠百转，一杯苦酒下肚，他挥笔疾书，尽情抒发自己的愤懑：

茅屋秋雨漏，稻坡春水深。

长歌倾浊酒，举世不知心。

——《古意》

这年8月27日，陆游在西湖塘参加了一年一度的阅兵。晚上阅兵回来，他望着墙上张贴的地图，想起被金人蹂躏的三秦父老，义愤填膺，奋笔写下了《观长安城图》一诗：

许国虽坚鬓已斑，山南经岁望南山。

横戈上马嗟心在，穿堑环城笑虏孱。

日暮风烟传陇上，秋高刁斗落人间。

三秦父老应惆怅，不见王师出散关。

公元1174年10月，陆游被调到了荣州（今四川荣县）去摄理州事。他虽然前后在蜀州只待了一年多时间，却与蜀州的山山水水身心交融。在他的笔下，蜀州的山水才真正获得了文化意义上的生命，散发出了恒久的人文之美。

当初那个宛如青涩少女的蜀州，在以陆游为代表的唐风宋韵文化点染下，终于出落成一位气质优雅、高贵大方的大家闺秀，成就了自己"蜀中之蜀"的独特韵味。

九

一个地方的人文鼎盛，除了在于出了多少文化人之外，还在于她所拥有的山水、景观是否在与文化人的交流之中，获得了自身独立的文化生命。如是，则山川幸甚！则大美存焉！

水善利万物

一

　　进入民国后，前清举人林思进先生平时便不大爱说话，但自1920 年执教省立四川高等师范学校以来，连续十年左右时间，他辗转于成都大学、华西协合大学、四川大学，书卷之余，却始终不忘在课堂上向学生们反复强调这么一句："夫知县者，当以知为本。知什么？知一县之山川地貌、田亩出产、婚丧风俗，乃至童谣俗俚，百姓吃穿用度，方能入手谈一方之治理……"说着说着，他厚厚的眼镜后面就沁出泪花来。

　　那时候，正是四川军阀间胡乱开战之时。兵强马壮者踞三五县，弱者霸一二县，曰防区制。防区中粮赋杂税最轻者，也已提前预征到了 20 世纪 50 年代。

　　1932 年初春 3 月，一个乍暖还寒的黄昏，正躲在成都深巷家中潜心编撰《华阳县志》的思进先生破例接待了一位来自崇庆县的客人。客人开门见山，说久闻先生情系苍生，请务必为崇庆县西河朱崇堰上新开的"刘公堰"纪念碑撰写碑文。先生那些年本已心如止水，然而在细细聆听客人讲述"刘公堰"来龙去脉的过程中，竟时而落泪、时而欣喜。

　　客人走后，林思进先生一夜未睡。次日绝早，他呵开冻墨。半日工夫，一千余字的碑文便在纸上黑白分明地呈现出来，旋即被送往文井江畔，旋即又被石匠们刻在了以"留白"之躯等候在罨画池公园内的"四川省主席刘公自乾修堰纪念碑"上。

那时候的文人还没有进化为嘴力劳动者，他们崇尚读万卷书，行万里路，倡导知行合一。思进先生也不例外，他早年便在诗词之外留心堪舆之学，对成都平原的山川地貌既了然于胸，复又在碑文中对崇州水利之情势进行了深入剖析。济世安民的儒家情怀跃然纸上。

就在罨画池公园内立碑十年之后，在大邑县安仁镇热闹非凡的米市上，也立起了一座高九米，碑身为四方形长柱的碑。碑身全用优质青砖砌成，阳光下色泽湛然。东南西北四面皆刻有大字，一一读去，饶有趣味：

位于大邑安仁的万成堰纪念碑。作者摄。

东面，刻的是"辛未夏刘公维三开渠乍堰纪念碑"；南面，正对着今天安仁老戏院的字写的是"辛未夏刘公升廷开渠乍堰纪念碑"。西面是"辛未夏刘公自乾开渠乍堰纪念碑"；北面大字为"辛未夏刘公星廷开渠乍堰纪念碑"。

安仁镇刘文辉家六兄弟中，有四个人的名号被刻在了碑上。他们分别是：老三刘文昭，字维三；老大刘文渊（一名升廷，字灼先）；老六刘文辉，字自乾；老五刘文彩，字星廷。

赶集的人们仰起头来，从下面仰望上去，可以看见宝盖形的碑顶由上而下向四面倾斜，正中凸起一扁圆形的红色宝顶，下方四周则分别又镶嵌着"万成堰纪念碑序""赞助堰绅"石碑。在蓝天白云的映照之下，颇为壮观。

这两座碑，一在崇州，一在大邑，一名刘公堰，一叫万成堰，其实说的都是同一个事。

这件事，发生在1931年冬的崇州桤木河上游，当时引发的动静，震撼了整个川西。

二

人类与水的纠缠由来已久。《道德经》第八章云："上善若水，水善利万物而不争。"遥想老子当年，或许就是因为观察到那默默无语的水常被人争来夺去，才发出了这样的感慨吧？

西河亦是如此。她虽是崇州人的母亲河，却因了地理走向的原因，在1949年之前，多次引发崇州和大邑两县农民争斗。

争斗的焦点区域，在西河出山口——怀远清风岭鹞子岩。

崇州与大邑皆属成都平原"上五县"之一，正因农业发达，所以极为依赖水利。尤其崇州，区域内四山一水五分田，占全县面积一半的平原地区要想年年麦黄谷熟，大部分靠西河灌溉。

翻开崇州地图，可以清晰地看到，崇州东北部有黑石河、羊马河等从岷江取水的河流，虽也不时与都江堰柳街、石羊一带的农民发生一些纠纷，但终究因为岷江水大，灌溉得梓潼、廖家、崇平、羊马等乡镇黑土肥沃，物产丰饶；而西南方向，从怀远、道明开始，直到济协、隆兴、桤泉等乡镇，则全靠从西河里取水的支流进行灌溉，土壤发黄，较为贫瘠。让崇州历任官员更为苦恼的是，崇州南边的邻居大邑有包括安仁镇在内的很大一部分区域历来也必须依靠西河之水，方能栽秧插禾。比起岷江，西河的水量要小得多。由此，每当春夏之交，两县农民便在鹞子岩相互抢水，械斗不止。

又名文井江的西河，从与牛粪飘烟的藏羌之域挨挨擦擦的崇州西北部台地游龙直下，一路狂奔到鹞子岩这里，狼奔豕突的山岭骤然刹住脚步，剩一河白水贴着崖壁激流宛转，转过山脚，直扑一马平川。

就在那激流之处，西河被河道中心一块天造地设的大石头及其沙洲左右分开，左为西河正流，河水过怀远，纳味江，直扑下游元通古镇……右边则以人力斫开一堰，取名朱崇（朱崇河经怀远回澜塔，流到公议乡将军桥后，一分为二，左为泉水河，右边那支流经道明、隆兴一带，因两岸多植桤木树，得名桤木河），将西河水硬生生分出一股，朝大邑方向而去，远达安仁古镇、新津，浇灌田地十余万亩……

1937 年 5 月 30 日，即在"刘公堰"落成六年之后，因川西春旱，两县再次争水。大邑县农民王变三手持枪械，率领一千多人直扑鹞子岩，将被堵住的朱崇堰口强行挖开，又在旁边清风岭上砍伐了几十棵桤木树，乱纷纷丢到河道中间，活生生将河水劈往了大邑方向。当崇州这边拦阻时，王变三竟朝人群上方开枪威吓……

多年争斗中，崇州始终占有一些地利优势。毕竟，鹞子岩在怀远境内，那西河的发源地红水、黑凼这两处原始森林中的海子在行政区域上也属于崇州管辖。

<h2 style="text-align:center">三</h2>

然而大邑那边一直在暗暗打着西河源头的主意。

崇庆县官员苦恼，大邑主政者亦有苦难言。千年皇权专制，对官员考核的主要标准之一，便是"无讼"。进入民国后，其考核标准也常依前清旧制。然而相较于崇州县民，大邑因紧邻雅邛茂汶之地，山高林密，素来匪影出没，煅就了剽悍民风，栽秧赶水更是民生所系，故稍有旱情，心急如焚的大邑县民便汹汹而至，两县人民由口角而动手，由动手而械斗，由械斗而死伤……

生死事大。仅辛亥以后，因始终难以商讨出一条西河水合理灌溉两县农田的对策，数年之间，械斗出来的人命便逼得好几任大邑县长仓皇挂印而去。

在出山口难以争夺，大邑便将目光投向了西河源头。

1919 年秋冬之际，大邑县向崇庆县提出，两县联合派员深入大山深处踏勘西河源头，从源头着手解决抢水问题。崇庆县这边，由萧汉章带队，大邑方则以李先春领头，两县各乡选派代表参与。在原始森林中经过七天的艰难跋涉后，两县勘探队在药王坪会合。经勘探，发现药王坪东北方向崇州境内有一条当地山民称为野牛洞沟的海子；药王坪西南方向雅安天全县境内则有一条名为墨鸦林沟的海子。两县最后认定，野牛洞沟为西河正源，墨鸦林沟为雅水正源。大邑县方由此向崇庆县郑重提出：劈开药王坪，将墨鸦林沟的水引入野牛洞沟，加大西河水量，让更多的水进入朱崇堰，一劳永逸地为两县人民造福。

提议一出，崇庆县下游顿时民意汹涌。颇有见识的元通镇代表向县政府愤然上书：如两处海子汇流，一旦山洪暴发，汹涌而至的河水必将势不可当地从鹞子岩呼啸而下，再裹挟起平原与山口地带的泥沙，地势本就比大邑为低的怀远、元通必将成为一片泽国！他们痛心地指出："（那时候）元通数千人家其为鱼矣！"

第二年 3 月，四川省公署终于发出指令：不能以大邑一隅之利而贻崇庆以冲刷之害！

凿开药王坪之议遂告搁浅。

然而，缠绕在崇庆大邑两县颈上的水利绞索却已越勒越紧！

四

1931年春，两县因水而起的冲突终于演变至不可调和的状态！

这一年，经过多年混战，四川境内形成了刘文辉和刘湘两大军事集团。辈分虽高、年龄却小的"幺爸"刘文辉实力更为强大，驻于省府成都，担任着四川省主席一职。侄儿刘湘则坐镇重庆。一西一东，二虎遥遥对视。

座次似乎排定。然则府衙深宅内尽管弹冠相庆，巴蜀大地上无数沉默的小民终究还得从茅舍竹篱中出来，背了太阳，在田地里胼手胝足，到年终，那两鬓苍苍十指鳖黑的当家人心中一块石头方可落地：承老天爷保佑，这一年没旱没涝，一家人终于勉强混了个温饱。

然而天威从来难测。尤其乱世，仿佛要与那人间的无序相呼应，旱涝总喜无常。1931年春，春旱又一次绵延了川西大地，这一次旱情至为严重。"上五县"境内，缺水的地方一片哀号。以微弱的朱崇堰水活命的安仁镇一带，更是田裂河干。当地打给县政府的报告中说：（昔日水田）几乎都已成了石田。林思进先生沉重地慨叹道："近者荒乱，斩伐童然，谷枯洳淤。"他叹息因河水"时断时续"，两岸"种艺弗收，妇子嗟叹"。

眼看越演越烈的旱情势必又将引发两县人民械斗，人们忧心忡忡，纷纷商谈各种方案，以期缓解旱情。各种意见认为，既然源头合流不成，出山口分水不成，那么就只能在下游想办法了。

鹞子岩风貌。作者摄

于是，引味江之水注入朱崇堰、进而扩大其下游桤木河水量的建议便引起了各方的强烈关注。

这一条建议并非空穴来风。早在1914年夏，世居安仁镇的刘文辉父亲刘公赞（字化堂）等一干乡绅就苦于桤木河细流难润，曾提出同一建议，然而经新津、大邑、崇庆三方多次会勘后，终究还是不了了之。大邑前清秀才安湘霖后来记载说："尝考桤木河上游，曰朱崇，为文井之正流。其源出自崇庆西北山九龙池，百余里即出山口，源近流嗇，朝盈而夕涸。桤木河承之，远达崇、大、邛、新四县，灌田十余万亩，常苦乏水，遇旱即成石田。文井正流，由元通市至大罗寺，集味江、螃蟹暨岷江之水，遂成汪洋。济民居其下流，广纳兼容，充沛之势，非桤木敢望。"他写道："（倘若）接彼注兹，在济民无损，而桤木则获相当之利，此有目共睹也。"

正当意见纷纭之际，深受灾情之苦的大邑农民又一次朝鹞子岩扑来。怀远一带的农户早有防备，家家户户派出精壮男丁，携锄头，带棍棒，提砍刀，昼夜轮流守候在朱崇堰口，双方一触即发。到了 5 月，眼见无水耕田、栽秧已近无望，七十多户农民拖家带口，齐聚四川省政府门前，请求解决农田用水问题。一时舆情汹汹。

五

绵延至当年冬，旨在从根本上解决两县用水问题的工程终于开工。因事关几县民生福祉，议案由刘文辉大哥、时任四川省高等检察厅长刘升廷提出，经呈报省政府批准，四川省建设局派员会同崇庆县建设局、县农会会勘后决定修建一条新堰渠，由韩抱亭等九人组成筹建委员会负责建设。因新开水渠势必损害良田，更将影响西河下游水量，为避免节外生枝，刘升廷又出面召集崇庆县中和、隆兴等镇乡绅齐聚安仁商议。

依据会勘结果，两县一致商定从崇庆县元通镇二江桥上游不远处桃子湃凿渠开堰引水，由沿河受益户自带工具开挖。

刘文辉毕竟谋略更深，为防崇州有人阻挠，他一方面以省政府主席之职下令崇庆县县长亲临现场，反复向当地农民解释开渠的情由，一方面下令军队火速赶赴现场，携带机枪等重武器进行监修——然而令所有人都没有想到的是，开工那天，桤木河两岸不分崇州大邑，农户们竟然万人出动，一人一锄，仅十余日，一条宽、深各十米，长十余里的新堰便告完成。滔滔的西河水就此被引入桤木河，不仅安仁镇的大片农田解决了缺水之患，临近的唐场、韩场、邛崃县的傅庵子和新津县的一部分共十余万亩农田均受其益。

　　林思进先生含着热泪记述了两县人民的这一壮举："于是自二江上游，拦截味江越西河以达朱崇堰，凡为渠长一千三百丈，身阔二丈，为桥枧（枧，引水竹管）二十有七；筑堤笼石，以遏水护岸，又百余丈。都用役二十万有奇，工食银五万有奇；穿渠积土，占民地一百八亩，偿地价及禾苗费银一万元有奇……而所溉之田，岁增谷数十万石。呜呼！此其为惠利赖加民者，岂小也哉！"

　　新渠开成后，两县乡绅提议，要将此渠取名为"刘公堰"，以纪念省主席刘文辉这一顺应民心之举。刘文辉百般推辞，说这是依靠了两县人民万人之力，遂定其名为"万成堰"。

六

　　桤木河的水不紧不慢地流着。河道曲折多变，如今，两岸桤木已不多见，多的是麻柳、水杉、构树等速生树木。

　　植物志上载，桤木，落叶乔木，一般高 6—15 米，树皮呈灰褐色，树叶为长椭圆形，边缘有稀疏锯齿。春季开花，雌雄同株。

桤木喜欢临水而居，多生于河滩，溪沟两边及低湿地。

崇州民间一般不叫它桤木，而叫水冬瓜。当地老人回忆说，多年前每到夏天，桤木河两岸繁密的水冬瓜树便被风吹得哗哗地响。

1955年，西河上新建了三合堰，刘公堰遂告关闭，后因三合堰供水不足，十多年中，刘公堰时开时闭。1968年，刘公堰堰口又重新打开，更名为人民堰，而罨画池公园内的"四川省主席刘公自乾修堰纪念碑"也早已消失得无影无踪。位于大邑安仁古镇的"万成堰"碑也是历经砸毁后再重建——

果然人间多幻变。

今天再回溯这段历史，我却惊异地发现，仅隔了几十年时间，有关"刘公堰"的各种版本已变得如同"罗生门"的故事一样。譬如关于开渠的时间，林思进先生记载的是冬季，安仁碑文上的记载则为夏季；而有关刘氏兄弟在开渠中的历史作用，各种评说更是各取所需。

历史不该是"被任意打扮的小姑娘"。因此，在写作本文时，我没有将开渠时间调整为前后一致，就让历史以如此矛盾的面目呈现吧！或许，这反而能引发一些目光从历史的迷雾中脱身而出，变为田野中的实地踏勘，让1931年的涛声在弯弯的桤木河边重新回荡到心间？

萧楷成

萧楷成有书卷气。每每台上一亮相，翎子鲜亮，腰挺眉扬，掌声四起。他戏路广，小生、老生、丑角，身移步转，清亮的嗓子宽起来，高上去，又缓缓降下来。川胡琴的咿呀声中，台下的人们看得哭了笑，笑了哭。常常忘记那小小的戏台上原本只是"金榜题名虚富贵，洞房花烛假姻缘"。

萧楷成对待自己很严格。

倘是新剧，他得先将本子（川剧很讲究剧本创作）中的各色人等吃透了，处理好了角色之间的拿捏，才从容登台。

他前期咬字准，音色正，吐词清晰；后期愈见功力，唱到极处，字词已徐徐远去了，空中却还残留一缕气，铁丝般袅响。1937年夏，日寇越过卢沟桥；秋，他在成都悦来茶园义演《托国入吴》，当唱到越王勾践忍辱别国，他泪眼滴血：

> 堪叹英雄受坎坷，
> 平生意气竟消磨。
> 魂离故苑归应少，
> 恨满长江泪转多。
> ……
> 拿着了吴夫差岂肯轻放，
> 拿着了老伍员开肚破膛。

斩独夫方显孤执诛在掌，

效齐桓和晋文五霸称强！

台下一片静穆。

2012年六七月间，在清风徐来的太湖之滨，九十五岁的南怀瑾回忆起年轻时居蜀所得的川剧印象，对他依然不能忘怀：

成都当时有"三庆会""进化社""永乐班""泰洪班"等名剧团，涌现出了阳友鹤、康子林、萧楷成、周慕莲、浣花仙、静环、张惠霞、许倩云等著名川剧艺术家，真正是名班云集，名角荟萃。

其时，距离萧楷成离世已整整六十二年有余。两个月后，2012年9月29日，南怀瑾先生谢世。倘两人在天之灵相遇，当在白云缥缈处相视一笑吧？

二

萧楷成是成都崇庆县（今崇州市）人。

今天，崇州的一些资料在提到萧楷成时，有写作"萧楷臣"的。而在梨园行老人们口中，他是少年扬名的"玉娃子"。很有点童星的意味。

童星听起来风光。卸了妆，从后台深处走到人前，看起来也是珠圆玉润。殊不知，台上顾盼流转的名角固是"台上一分钟，台下十年功"，童星更是一番滋味难以对人言。川剧演员李良明十五岁进入四川省合江县川剧团，和其他几个同伴几乎每天都是汗水浇灌，泪水泡饭。同伴熬不住走了，师父冷冷对李良明说了一句"（你）学得出来吃艺饭，学不出来吃气饭"，激发出他天性中一股硬气，硬是咬牙坚持下来。

李良明学艺是在 1956 年。那时候，跑码头讨"开口饭"吃的川剧艺人们大多已被纳入国家文艺体制，有了一份铁饭碗，昔日师尊徒卑条条框框的江湖习气已消淡了许多。萧楷成正式登台唱"娃娃生"是在 1889 年，距李良明拜师学艺已整整六十余年矣。

那一年，是大清光绪十五年。萧楷成十一岁。

前一年，他父亲病逝。

翻开发黄的《崇庆县志》，萧楷成从童年到少年的日、月、年是以数行简短而又伤感的字句呈现出来的。辛酸的身世读来正与那一段风雨如晦的晚清时局互为表里：

　　……稍长，家贫辍学，父亲去世，母亲改嫁，乃外出寻兄。辗转数县，寻兄不着，流落戏班。十一岁登台唱娃娃生，艺名"玉娃子"。

今天已经无从探知少年萧楷成的内心感受了。他十一岁的世界里，满眼都晃动着师父"唱念做打"的身影；满心念叨的都是手、眼、身、发、步的功法口诀；小小的身躯每天都忍受着"绑倒板""劈叉"等苦不堪言的训练；也许还有训斥、责骂、挨板子……

贫苦无依的孤儿，心中的凄惶能向谁言？

　　苦难的童年练就了萧楷成。童年的苦难也造成了他一生难以愈合的身心创伤。然而，与川剧结缘的人生大幕已经不由分说地拉开，童星"玉娃子"内心再凄惶也只得打落牙齿和血吞。在那个风雨飘摇的年代，他将如何演出自己的戏剧人生？

　　萧楷成后来终其一生恐怕也不知道，就在他成为"玉娃子"的那一年，在遥远的英国，有个名叫查尔斯·卓别林的孩子也来到了苦难的人间。十一岁那年，小小的"雾都孤儿"卓别林也以童星的身份正式开始了自己的舞台生涯……

<h1 style="text-align:center">三</h1>

　　一个人要有所成，艺与德不可缺一。梨园行尤其如此。

　　千百年来，伶人们奉唐明皇为祖师爷，却忘了这位皇上是兴起玩票，伶人们对他而言不过是"倡优蓄之"而已。

　　在漫长的演变过程中，梨园行渐渐形成了极具行业特点的江湖规矩，那就是：成"角"你就是个王；没成"角"，一辈子就只能跑龙套，吃别人的残羹剩饭！

　　江湖规矩既能成人，更能毁人。从清末到民国年间，像萧楷成这样少年成名、青年被毁的童星在川剧界大有人在。与萧楷成同时代的"资阳河派"花旦谢海潮就因演唱《沉香亭》技艺超群，遭同行邓秀芝嫉妒，朝她杯中下药，从此哑了嗓子。

　　萧楷成是幸运的，在其川剧生涯关键的时刻，他先是得到了名师刘育三指点，从"娃娃生"改习小生；再以《十美图》钻箱箱轰动全川，一跃成"角"；再因川剧班子"三庆会"的成立，而与川剧界素有"康圣人""戏圣"之称的名演员康子林风云际会，莫逆相交，写就了自己德艺双修的人生传奇。

康子林是四川邛崃市人，擅演吕蒙正，在川剧发展史上具有举足轻重的地位，后因其悲壮的死以身殉戏，全川哀恸。

川剧雏形最早见于《三国志·许慈传》，刘备"使倡家假为二子（许慈、胡潜）之容"，表演二人不和而有碍国家的事实。至唐，成都出现"杂剧"之称，且有"五人为火"的戏班，有"蜀戏冠天下"之誉。明代，出现"川戏""川调"，状元杨升庵作杂剧、散曲多种。1983 年，作家汪曾祺过新都，为杨升庵多舛的命运写了两句诗：一种风流谁得似，状元词曲罪臣诗。

川剧大师萧楷成《济公传》剧照。

民国伊始，以"三庆会"为代表的戏班，首次将四川戏曲的五种声腔（昆、高、胡、弹、灯）汇于一班，川剧趋于定型。三庆会的成立和辛亥革命的新气象密切相关：辛亥起，大清亡，民国立。在进步思想影响下，以康子林等为骨干的"川西派"川剧艺人倡议建立一个不受班主剥削支配而由艺人自己经营的班子。据《崇庆县志》记载，萧楷成当时和康子林齐名，出于一种微妙的心理，不愿和康子林同班。他说："一个老鸹守个摊，一笼不藏二虎。"后经艺人们劝说，他才和康子林等共同创办"三庆会"。

三庆会的成立，为川剧的发展带来了改良的崭新气象。他们首创了固定的分账制，不论名演员、龙套或场面音乐人员，一律按成分账。逢演出淡季，名演员自动减薪，以保证"下四角"（龙套、马衣、彩女、朝臣）的最低生活。

然而这种有戏大家唱有饭大家吃的局面却让一些名艺人颇为不满。他们认为自己吃了亏，于是纷纷退出，另组班子"永遇乐"，用高价拉走了三庆会不少演员，萧楷成亦在其中。然而康子林在这一时刻显示出了自己高尚的艺德，他不但继续留在三庆会，还特意去永遇乐演了三天义务戏。这让萧楷成深受感动，重返三庆会，就此与康子林惺惺相惜，成为莫逆之交。

四

近朱者赤，近墨者黑。在江湖习气浓厚的梨园行，与康子林这样人品高尚者的友情迅速提升了萧楷成的精神格局，使他从所谓"名角"的狭小天地里挣脱出来，向大师之路迈开了步子。

大师之路，以德为先。康子林提倡三德：口德（不讲污言秽语），品德（尊师爱徒、主角与配角一律平等），戏德（演出严肃认真、不要噱头）。一次，萧楷成演《吊翠》。戏毕，康子林对他说："在演调情方面，只能点缀一下，不能表演过火。虽然观众在发笑，不一定全是笑你演得好，其实有时是笑你做得丑。"萧楷成闻言警醒，从此洁身自好。

大师之路，以艺为尊。康子林嗓音清脆，吐字清楚，行腔委婉，韵味隽永，演戏特别讲究情理，以刻画人物性格见长。在《评雪辨踪》中他饰演吕蒙正，从人物内心出发，着重刻画其冷、窘、酸的形态，博得了"活蒙正"的美誉。与康子林相处的日子里，萧楷成虚心向他学习，将不少康派精华融会于自己的演技中。

大师之路，以情操为贵。由于自小辍学，萧楷成自知学识、修养不够。重返三庆会后，他坚持自学文化，常向当时的川内名人如赵熙、尹昌龄等请教，上演他们的剧本。并与画家张大千、书法家杜柴扉等交往，学习书画，陶冶情操，酝酿自己"腹有诗书气自华"的儒雅之质。

五

1930 年，川军刘湘与杨森开战。杨森被逐，刘湘夺得不少地盘。刘湘手下遂志得意满，派人到成都，指名点姓要康子林到重庆演《八阵图》，以示庆贺。

　　生于1870年的康子林此时已年届花甲，只能演文戏，但军人们哪管这些，非要康子林赴渝……为顾全大局，保全三庆会，康子林只好率团赴渝，抱病登台。

　　《八阵图》乃是川剧武生重头戏，做工极为高难复杂，摆翎子、踢尖子、丢卡子、甩水发、变脸等动作均是绝招。康子林在戏中能摇动双雉尾作各种变化，俗称为"二十四个凤点头"：耍翎、飞冠、甩发……令人叫绝，这出戏是康子林平生最为得意的杰出之作。但"康圣人"毕竟老矣，强撑上台，劳累过度，下到后台，当场吐血，卧床不起，不久逝世。

　　一代"戏圣"累死舞台，全川哀恸。康子林灵柩返回成都那天，重庆万人空巷，鼓乐喧天，鞭炮齐鸣，鲜花簇拥，挽联百副。送葬队伍蜿蜒长达几里，场面极为壮观。挽联上有人悲愤地写道："功盖三庆会，累死八阵图"。

　　康子林死后，萧楷成从痛失师友的悲痛中振作起来，与唐广体等人一起支撑起了三庆会。继任会长后，他始终秉承康子林"顾群"的办团思想，常资助经济困难的艺人。无论怎样艰难，他与三庆会始终不离不弃。无戏可演的日子里，他把艺人们集中起来，自己"坐桶子"（打小鼓）指挥，各类角色按行当轮流接唱一折戏，让大家在联唱中提高技艺。

六

骤失挚友康子林，萧楷成表面坚强，内心却就此陷入了一片萧索。许多个月到中天的夜晚，三庆会的艺人们一觉醒来，还听见他那苍凉悲愤的唱腔：

> 风一程，雨一程，处处都是愁人景，满目黄沙草不春。
> 南来之雁孤飞影，好男儿不得烈马天山千里骋。
> 蓝关凄楚却知成个塞外流人。

这几句唱词原本是康子林拿手戏《离燕哀》中的。如今斯人已杳，台上曾观"活蒙正"，人间再无康子林。深远的静夜里，萧楷成如诉如泣的声音久久回荡，让人禁不住潸然泪下。长夜的静默中，萧楷成揩干眼泪，决心为康子林培养传人。1941 年，川剧演员王成康还未满十五岁。在父亲朋友的介绍下，本名王兴荣的他进入梦寐以求的三庆会拜萧楷成为师，一学就是三年。

回忆起拜师的情景，王成康依然还为萧楷成与康子林深厚的友情感慨不已："当时还是封建师徒制，一个师父只能带一个徒弟。为了完成和康子林共同培养一位文武小生的心愿，师父在自己和康子林的名字中各取一字，将我更名为'王成康'，希望我能继承康派技艺。"随后，萧楷成便将康子林名剧、三庆会镇班之宝《八阵图》悉心传授给了王成康。"这在当时是无上的荣耀，于是我学得格外认真。"王成康感慨地说。

七

　　漫长的川剧生涯成就了萧楷成，然而童年的苦难、世道的艰难、梨园行的人事纷纭、常年演出的疲惫不堪等已深深地戕害了他的身心。不觉之间，他已身心俱疲。

　　1946 年冬，萧楷成终于四肢瘫痪，不得不息影舞台。1949年 12 月成都解放，他强撑病体上街欢迎解放军。1950 年 7 月 20日黄昏，一代川剧大师萧楷成辞世，享年七十二岁，其时归鸟投林，残阳静默。他唱的一些戏，如《刀笔误》《托国入吴》《杀家告庙》等，幸已由上海百代唱片公司在 20 世纪 30 年代灌为留声片传世。

　　以《秋江》中老艄公角色成名的川剧名演员周企何，到晚年依然记得萧楷成的演技："他和康子林合演的《酒楼晒衣》，一扮陈商，一饰蒋兴，把这两个商人暗斗明不斗、心斗口不斗的心理演活了，堪称棋逢对手，真是几十年来没有再看过的好戏呀！"

八

2007 年冬，我读到了作家毕飞宇的小说《青衣》。多年以后，那个凄怆的结尾仍令人喘不过气来：

> 大幕还是落下了，筱燕秋在一个风雪交加的夜晚退出了戏台，她的学生春来取替她登台演出了。
> 筱燕秋默默地化好妆，身穿薄薄的戏装走出了剧场，她站在路灯下面对自己说："我要唱，我不能不唱，我要唱给天，唱给地，唱给我心中的观众。"
> 筱燕秋舞着长长的水袖唱了起来，她唱得是那样的美，那样的酣畅。

筱燕秋是虚构的，而萧楷成是真实的。他们从事的剧种也不相同，然而从穿上戏服的那一瞬，他们就已注定了自己一生的命运：因戏而生，为戏而死。

补记：

　　萧楷成父萧伏山、兄萧金臣皆为川剧艺人。其父曾担任清崇庆州（今四川崇州市）署马粮，又于成都南门某卡任职，因喜玩票友而被罢职，遂"下海"为川剧艺人，以生净两行驰名。其兄萧金臣一副沙嗓，做工讲白均好，1918年死于霍乱。

一个状元的精神突围

　　滚滚长江东逝水，浪花淘尽英雄。是非成败转头空。青山依旧在，几度夕阳红。

　　白发渔樵江渚上，惯看秋月春风。一壶浊酒喜相逢。古今多少事，都付笑谈中。

　　朱明王朝享国二百七十六年，若问家喻户晓的诗词作品，这首《临江仙》自嘉靖末年，京师及云南、四川一带有水井处皆在传唱。到清朝初年，毛宗岗父子将它置于《三国演义》卷首以后，影响更是遍及世界。词中所蕴含的历史兴衰之感，人生浮沉之慨，数百年之后的今天读来，仍让人痛快淋漓，沉痛无奈，却也让人更加超然物外，得无量洒脱于百感交集的滋味当中。

　　这一首词，乃是明代唯一的四川状元、有着"千古第一戍仙人"之称的新都人杨慎（民间更喜欢称他为杨升庵）所填。

　　"戍仙"这个颇有些奇特的称号，是明朝著名思想家李贽在万历年间为升庵所取。作为当时最著名的思想"异端"，卓吾先生一双厉目审视古今，能入他法眼的人寥寥无几。他喜爱杨升庵的才华，更为他坎坷的际遇所愤愤不平。他说："升庵先生固是才学卓越，人品俊伟。然得弟读之，益光彩焕发，流光百世也。"接着，他从湖北麻城县龙潭湖边的隐居之所抬起头来，眺望着四川的方向，大发感慨，将杨升庵与李白、苏轼并举："岷江不出人则已，一出人则为李谪仙、苏坡仙、杨戍仙，为唐代、宋代并我朝提出，可怪也哉！"他恨不得自己早生几十年，为杨升庵当个端茶磨墨的书童，跟随他远赴云南，老死边关。

作为著名的状元郎，杨升庵本来完全可以在北京城里过着优裕的"帝王师"生活，却偏偏不肯让自己的内心屈从于苟且，于三十七岁那年毅然决然挺身而出，在时人视为蛮荒之地、天遥地远的云南边陲书写了自己长达三十五年既悲且壮的传奇生涯，从"等因奉此"的官员变成了有明一代数一数二的文化使者，成就了自己圣人般的伟业与声名。

二

大明孝宗弘治元年（1488）十一月初六，位于今北京市东城区晓顺胡同的一处中等规模的四合院里，诞生了一个婴儿。婴儿哭声洪亮，让门外等候的父亲欢喜不已。他面朝四川新都方向恭恭敬敬地鞠了三个躬，心里暗暗说道：列祖列宗保佑，我杨家终于后继有人了。

婴儿的父亲杨廷和这一年已近三十岁了。他在朝中担任翰林检讨，官级虽仅为从七品，却担负着在皇帝殿试时收试卷的重任。结婚多年来，他一直苦于膝下无子。就在前几天，他还暗暗祷告，祈求上天赐一个儿子给他，以承续杨家书香门第、官宦世家的香火。这一下天遂人愿，他急忙遣人将这一喜讯告知自己的父亲，在负责传旨的行人司担任正七品司正的杨春。五十二岁的杨春闻讯大喜，按照家谱排行，亲自给自己的嫡长孙选了一个富含深意的名与字：名慎，字用修。希望他一生谨慎立世，读书应当先从经世致用入手，莫做空头学问。

刚呱呱坠地的杨慎还不知道自己是诞生在了一个显赫的家庭。他祖上原本世居江西吉安。元代末年迁至湖北孝感，后因躲避战火，迁移到四川新都。从曾祖父杨玫科举及第开始，一门五世为官，被后人誉为：一门七进士，宰相状元家。

书香世家的熏染让杨慎小小年纪就显示出了文学上的天才。十一岁那年夏天，他试着作了一首诗呈给父亲。其时杨廷和正官运亨通，担任着《大明会典》总裁官。他一方面惊喜于儿子的文才，一方面却又因诗中一句"一盏孤灯照玉堂"所流露的孤独情绪暗暗担忧。史料上记载说，杨廷和读到这一句时，放下手中的诗卷，叹息道："句则佳矣，但恨太孤寂尔。"

多年的官场历练让杨廷和发现，文才是一把双刃剑，既可以通过科举考试出人头地，又可能会带来一些意想不到的伤害，尤其在官场上，无灾无难到公卿的大都是一些见风使舵之辈。正如四川老乡苏东坡所言：

> 人皆养子望聪明，我被聪明误一生。
> 惟愿孩儿愚且鲁，无灾无难到公卿。

少年杨慎怎能明了父亲心中的微妙？此时的他正一门心思沉浸在中国文化的博大精深里。从六岁开始，他就跟随母亲读诵唐诗。与同时期接触的四书五经不同，唐诗里的每个字单独

看起来是那么的平常，可是一组合成句子，音韵起落间突然就
爆发出了一种奇妙的力量，让人随之悲伤，随之昂扬，随之浅吟
低唱……

　　唐诗为杨慎早慧的心灵打开了一扇奇妙的窗户。父亲忙于官
场事务，体弱多病的母亲充当了多重角色，对他既慈爱，又严格。
秋天的一个黄昏，当他背诵出了杜甫的几首诗后，母亲十分高兴，
在灯下握住他的小手，教他毛笔管蘸着印泥，在纸上画了一个圈，
然后练习在圈中写字。母亲的眼里含着深情，对他说：儿啊，你
的一笔一画都不要写到圈外。然后母亲的神情突然严肃起来，对
他一字一顿地说道：长如此，则笔正！

　　这句话犹如一盏温暖的灯火。在此后三十五年漫长的流放生
涯中，陪他从官员杨慎变成了百姓口中的升庵先生。那精神突围
有如"凤凰涅槃"的无数个不眠之夜，每每想起母亲，他总是热
泪盈眶。他多么渴望时间能永远停留在十二岁之前啊——那一年
正月，母亲因病离开了自己最疼爱的儿子。

　　失去了母爱的少年杨慎"极其悲号，废食骨立"。三月，父
亲杨廷和的朋友离开北京，少年奉命代父亲作了一首送别诗。他
将对母亲的思念深深地融入了诗句当中：上国别来频入梦，故园
归去想知音……这年四月，因祖母去世，他跟随父亲回到了柳绿
桃红的新都，第一次接触了蜀地风情，就此热烈地爱上了故乡的
山山水水。

　　从北京到四川，经历了几番北国风光与蜀水巴山的洗礼，
杨慎诗兴勃发，写下了《过渭城送别诗》《霜叶赋》《马嵬坡》
等诗。十四岁这年，一个偶然的机会，他写下的诗作《黄叶诗》
传到了著名学者、大学士李东阳手中。李东阳一读之下，大为

赞赏：此非寻常子所能也。爱才惜才的大学士犹如当年贺知章初见李白一样，兴奋地将少年杨慎引为忘年之交："若可为吾小友也。"

在李东阳的教导下，少年杨慎出落成了一个饱读诗书、志存高远的青年。家族的光荣激励着他，他渴望着要像曾祖、祖父和父亲那样，在科举中一鸣惊人！

大明正德三年（1508年），二十一岁的杨慎踌躇满志地走进了科举试场。然而谁也没有想到，在前方等待着这个青年学子的，却是有如过山车一般的命运！

三

从举子通往状元的路上，命运第一次给杨慎开了个令人啼笑皆非的玩笑，让他初次尝受了生活的风霜。

正德三年三月，杨慎以四川举子身份到北京参加会试。主考官王鏊读到他的文章后，大为赞赏，将其试卷勾为第一名。当天晚上，这位爱才的王鏊按捺不住对好文章的欣赏之情，又将他的试卷抽出来，在灯下反复斟阅、欣赏，谁知灯盏的烛花突然掉落下来，不偏不倚正好将杨慎的试卷烧了个洞。

青年杨慎就此名落孙山。得知此事后，他苦笑一声，写了一首《春晴》解嘲："晓枕忽闻黄鸟歌，起看芳草纷成窝。梨花杏花风信早，晴云雨云春态多。……"借乍暖还寒的春意不无酸楚地表达了自己此时的心情。

看着郁闷的儿子，此时已担任户部尚书、文渊阁大学士的父亲杨廷和十分着急。几经思考后，他特地叫人从广东端州挑选了一块精美的端砚送给儿子，并题了一段跋在上面：爱采端溪，形就质琢。乃其方圆，非金非璞。圣贤之基，天地之毂……

这一段告诫语重心长。读着读着，杨慎又闷又躁的心渐渐舒缓。如烟的暮色中，他抬起头来，仿佛听见了回荡在家乡新都竹林水田边那一句句"伐木丁丁，鸟鸣嘤嘤；出自幽谷，迁自乔木……"的吟诵之声，身心顿时进入了无边清凉。祖先们的从容为他开启了智慧的另一扇门。他重新闭门读书，为三年后的会试暗暗积蓄力量。

春风得意的时刻终于到来：正德六年（1511），二十四岁的杨慎通过会试，取得第二名的名次后，同三百五十名进士一起参加由明武宗亲自主持的殿试。武宗要求考生们围绕"创业以武，守成以文"这个题目进行论述。这几年寒窗秉烛苦读的杨慎早有准备，他援经引史，洋洋洒洒，写成了一篇大文章，开篇便气势不凡：

> 臣闻帝王之御天下也，有出治之全德，有保治之全功。文武并用，出治之全德也；兵农相资，保治之全功也……"
> 他"援史引经"，奋笔疾书："诚使官各尽其人，才各尽其用，人人有忘私之忠，事事有爱国之诚……

文章一出，主考官竞相传阅。试卷官李东阳、杨一清等称赞他："海涵地负，大放厥词。"大臣们纷纷传诵，共庆朝廷得人。明武宗大为高兴："遂将其置于殿试第一，授翰林院修撰。"

二十四岁的状元杨慎就此成为大明王朝政坛上一颗冉冉升起的明星。然而当大家纷纷前去祝贺时，他的父亲、时任武英殿大学士、吏部尚书的杨廷和却忧心忡忡地说道："父作宰相，子魁大厅，盛满已极，酒阑人散。"随即，他的目光转向人群中儿子那春风得意的身影，内心默默地长叹一声，"今后你的命运将会走向何方？"

初登政坛的新科状元杨慎当然不会知道，此时的大明王朝已然疾病染身，正一步步走向不可逆转的深渊。被儒家正统思想教育出来的他，满心以为自己就此可以把满腹经纶贡献给朱明王朝，成就那"君明臣贤"的局面，为天下苍生造福，却忘了那句古老的警语：伴君如伴虎。

状元与皇帝之间的"蜜月"并没有持续多久。明朝十六位皇帝中，明武宗朱厚照少年登基，凭借至高无上的权力，随心所欲，为所欲为，贪玩好动，在太监刘瑾等人的蛊惑下，在宫内设集市、宫外设豹房，恣意寻乐。

正德十二年八月，一向喜爱在民间游玩、不理朝政的明武宗在身边亲随太监的簇拥下，又一次微服出游，远行至居庸关，一个多月不上朝。天下议论纷纷。此时，在朝中担任殿试掌卷官的杨慎痛心不已，愤然作了一首《丁丑九日》："燕台九月罢登临，节物萧条人楚吟。关塞骅骝迷去路，朔风鸿雁滞归音……"诗句不胫而走，武宗听说后怫然不悦。

三个月后，见明武宗依然未回朝廷理政，杨慎又上了一道谏书，极力恳求武宗回朝，谁知谏书被太监们压了下来。他十分失望，怏怏地上了一道表，称病回到了家乡新都，期待家乡那清秀的景色能抚慰自己悲凉的内心。

四

回乡仅半年，他的夫人王氏就因病去世。王氏比他年长一岁，享年仅三十二岁。自从嫁给他以后，贤惠的王氏"克修妇职，敦睦家庭"。合家老小无不称赞。情深意笃的夫妻半途永别，让杨慎悲痛不已，将妻子埋葬后，他一连数月都沉浸在神思恍惚之中。八月，他在梦中见到了亡妻，醒来追述道："八月十三夜，梦亡室安人，惊极而寤。"他在《送终安人王氏葬恩波阡》一诗里凄然诉说道：

> 天阴日易晚，旷野悲风多。严霜下乔木，零雨湆柔柯。
> 萧条我行野，伤心悲如何。中道失嘉耦，送此山之阿。

孤独的心灵需要抚慰。第二年七月，驻守江西的宁王见武宗荒疏朝政，以为有机可乘，举兵十万造反。然而人心思定，仅仅四十三天之后，宁王便被著名理学家王阳明挥兵生擒。消息传到偏远的新都，杨慎那颗系着天下安危的心才终于放了下来。经家人劝说，这年冬天，他续娶了著名的遂宁才女黄娥为妻。

与原配王氏不同，黄娥不光性情娴静，从小便喜爱写诗填词，尤其擅长于元代流传下来的散曲，文风清丽，别出心裁。

婚后，夫妻二人琴瑟和谐，杨慎的心情也为之一振。在新都老宅旁那遍植了桂树的一池清水边，两人经常一起在蛙声中散步，在月光下赋诗，相互以诗词酬答。1520 年 3 月，杨慎应邀为遂宁玉堂山写下了一篇《玉山翔凤赋并序》，刻在该山山腰石壁上，字径两寸，笔法遒逸。在赋中，杨慎兴致勃勃地描绘了素有遂宁十二景之一美誉的"玉堂朝霁"的景色："……水灵泉而堂绿野，池明月而亭清风……"

然而谁也没有想到，仅仅数年之后，这桂湖之畔与世无争神仙眷属般的生活竟成了两人再也难以企及的梦境！

1521 年 3 月，三十一岁的正德皇帝终于在声色娱乐中一命呜呼。由于他并无子嗣，在杨慎父亲、时任内阁首辅杨廷和的极力主张下，他的从弟、兴献王的儿子朱厚熜以"兄终弟及"的方式登上皇帝宝座，即明世宗。第二年，世宗改年号为嘉靖，开始了自己长达四十五年的帝王生涯。

1522 年 7 月，世宗任命三十四岁的杨慎担任"经筵讲官"，专门给自己讲圣贤书，谈历代王朝兴亡得失，摆出了一副圣明之君的样子。然而这个后来以心胸狭隘闻名的皇帝很快就暴露出了自己叶公好龙的面目："帝王师"杨慎利用讲书的机会，常联系实际进行婉转谏劝，他一心期盼嘉靖皇帝能做一个心胸开阔、纳谏如流的明君，谁知世宗皇帝却把他的忠言当成了耳旁风。

没多久，一件事便让嘉靖皇帝彻底远离了杨慎。原来，明武宗皇帝身边的太监张锐等人本来因蛊惑天子已被判了死罪，但由于大肆行贿，贪财好货的嘉靖竟然破例赦免了他们。得知消息后，杨慎在讲课时便特地选出《尚书》里《金作赎刑》这一章，对嘉靖苦口婆心地讲道："圣人赎刑之制，用于小过者，冀民自新之意；若大奸元恶，无可赎之理。"一心为了大明江山的升庵哪里知道，自己这一番劝谏已让皇帝暗地里极为恼怒，就此埋下了延祸的种子。

决定杨慎此后命运走向的转折点很快就到来了。

按照朱明王朝的皇统继承规则，"兄终弟及"的嘉靖要承认正德皇帝的父亲明孝宗为"皇考"，享祀太庙；而他自己的生父只能称为"皇叔父"。然而即位后第六天，嘉靖就迫不及待地下诏，令群臣议定他的生父兴献王为"皇考"，须按皇帝的尊号和祀礼来对待。这一下顿时引起了轩然大波，皇统与家系之争成了文武百官们纷争的议题。事关国体，如果任由嘉靖这样任意改变规则，皇权就会难以制约。

首辅杨廷和首先站出来反对。他以汉哀帝和宋英宗的生父均只能尊称为"皇叔考"的例子作为依据，然而刚愎自用的嘉靖哪里听得进去？他依然罔顾众议，一意孤行。经过一番僵持，杨廷和被迫辞去官职，告老还乡。这时候，"不识时务"的杨慎却和另外三十六名大臣联名上表，苦苦规谏："今陛下既超擢莩辈，不以臣等言为是，臣等不能与同列，愿赐罢归。"嘉靖勃然大怒，下令停止发放他们的薪俸。杨慎又和学士丰熙等上疏，嘉靖益发震怒，下令将带头反对的大臣投入诏狱。消息传出，群情激愤。杨慎再次约集起检讨王元正等一群大臣，决定前往皇宫外抗议。他激动地说："国家养士一百五十年，仗节死义，正在今日。"他们在宫外大哭，抗议非法逮捕朝臣。哭声传进宫中，嘉靖更加愤怒，下令锦衣卫将所有人全部投入诏狱，并"廷杖之"。

嘉靖三年（1524）七月十五，昔日的"经筵讲官"杨慎被关进了暗无天日的诏狱。七月十七，他被锦衣卫们按倒在地，剥掉裤子。烈日下，大明王朝的板子从半空中狠狠落下来，敲打在"帝王师"的屁股上。那不是一般的板子。它叫廷杖。栗树长到碗口粗，就被木匠从山中伐倒，锯成板，拖到阳光下晒干，然后一端削成槌状，包上铁皮。铁皮上立起森森倒钩。一杖下去，行刑人再顺势一扯，倒钩就会连皮带肉撕下一大块。

毕竟是朝廷命官，落到杨慎身上的那两根廷杖的铁皮上，去掉了森森倒钩。杖抡起，空气中似乎散开了栗树木头若有若无的山野气味。然而它们并无山野的温润之情，却满布朝廷的肃杀之气。杨慎被打得血肉横飞，昏死过去。十天之后，他再一次被"廷杖"，又一次昏死过去。随即，嘉靖冷冷地下令，将杨慎充军到千里之外紧邻缅甸的云南永昌卫（今保山县）。与他同时被下狱处死、发配、罢官、贬斥为民的朝中官员多达一百零八人。

这一年，杨慎三十七岁。

嘉靖皇帝为什么要把杨慎发配到保山县？原来，北京城中曾经流传有一首民谣："宁充口外（即山海关外）三千里，莫充云南碧鸡关。"嘉靖皇帝据此认为云南的生存环境比东北还恶劣，于是将杨慎充军到了云南。

五

翻开中国历史，在难以计数的封建王朝的暴君与良知文人的较量中，历史总是惊人地相似。譬如 1080 年，刚从"乌台诗案"中挣脱出来的苏轼被宋神宗流放湖北黄州，意想不到的是，他却因此获得了精神上的飞跃，从官员苏轼变成了千古流芳的东坡居士……

然而那时的杨慎怎么能知道，在那遥远的永昌卫，等待自己的将会是一次精神上的飞跃？长路漫漫，或许这一远去，就将与家人永别。

动身的时刻到来了。远在新都的妻子黄娥闻讯后，急匆匆赶到京城，她决心不辞风霜之苦，千里跋涉，亲自护送丈夫从北京到云南。嘉靖三年十二月十五，江南一带已然满地冰霜。黄娥陪伴着骨瘦如柴、身带枷锁的杨慎，一路艰难跋涉到了湖北江陵（今荆州市）的驿站门前。看着憔悴不堪的妻子，杨慎再也忍不住了。他苦苦地劝说妻子回新都老家，代替自己伺奉年迈的父亲。黄娥哪里肯听？然而禁不住丈夫一再劝说。想到这一分别，夫妻二人远隔万水千山，不知何日才能团圆，黄娥放声大哭。

官差不停催促，相对垂泪的夫妻俩不得不依依惜别。望着一步三回头的妻子，杨慎再也忍不住。他含着眼泪，凄然写下了一首《江陵别内》：

> 同泛洞庭波，独上西陵渡。
> 孤棹溯寒流，天涯岁将暮。
> 此际话离情，羁心忽自惊。
> 佳期在何许，别恨转难平。
> 萧条填海曲，相思隔寒燠。
> 蕙风悲摇风，茵露愁沾足。
> 山高瘴疠多，鸿雁少经过。
> 故园千万里，夜夜梦烟萝。

黄娥回到桂湖边后，触目皆是物是人非的风景，思念之情再也抑制不住，写了一首怀念丈夫的《七律·寄外》，满腔悲愁跃然纸上：

> 雁飞曾不度衡阳，锦字何由寄永昌？
> 三春花柳妾薄命，六诏风烟君断肠。
> 曰归曰归愁岁暮，其雨其雨怨朝阳。
> 相闻空有刀环约，何日金鸡下夜郎？

那时候的云南，因为交通的隔阻，环境的恶劣，民族的杂居，正处于所谓的"蛮荒"状态之中。然而令远在京城的嘉靖皇帝所万万想不到的是，从贵州进到云南，沿路那天高皇帝远的绮丽风景，淳朴的各族百姓却很快将惶恐不安的充军罪臣杨慎从流放心态中解放出来。他一路翻山越岭，感觉自己仿佛正在大地上越走越高，流放生活虽苦，然而那平生难以见到的美景却足以抵消内心所受到的屈辱。更何况，错的是皇帝，自己一腔忠心，乃是为了大明的社稷江山，何罪之有？为了证明自己没有被艰苦的流放生活所击倒，三十八岁的杨慎欣然给自己取了个别号：升庵。意思是自己"虽贬边关，却志行益高"。

他就此一路行来，沿途留下了许多诗篇。嘉靖四年（1525）正月下旬，升庵经普定、安庄、查亭、白水、关索岭、盘江、普安到达黔滇分界处，月末进入云南境内。经交水、马龙、杨林、板桥抵达昆明。途中写下了《关岭曲》《关索庙》《盘山渡》《盘江河》等诗，记下了自己一路的见闻与思绪。

文化的力量再次彰显出来。云南的莽苍山水就此进入了一个诗人的视野，这个从京城一路落寞而来的诗人与这片山水一见倾心，相得益彰，获取了自己文化生命中最美好的年华。在《关索庙》一诗中，杨升庵超越了一己的狭小悲欢，他把自己的内心投射到那巍峨的山岭上，发现了它的壮阔之美：

> 关索危岭在何处，猿梯鸟道凌青霞。
> 千年庙貌犹生气，三国英雄此世家。
> 月捷西来武露布，天威南向阵云赊。
> 行客下马一酹酒，候旗风堰寒吹笳。

在升庵笔下，云南的山水景物成了自己情怀寄托的对象。这应该是云南的景物第一次被一位伟大的诗人吟诵。在诗中，升庵将景与情有机地交融在一起，云南大地的河流和山岭就此获得了永恒的文化生命。

然而令人啼笑皆非的是，这一切，竟然缘于嘉靖皇帝对杨升庵恶狠狠的流放。

二月中旬，一路行吟的升庵终于抵达了流放地永昌，在军中担任文书。因长途跋涉，不服水土，三月，他又从永昌移居安宁养病。在安宁，他在当地官员的帮助下，在城北修建了升庵书院，书院前还特地掘土成池，用映照着明月夕照的一池清水来洗墨，名曰洗墨池。由于居于安宁，升庵与安宁碧玉温泉结下了深厚的缘分，他常到温泉沐浴，疗治廷杖之伤，并在温泉山壁上题书"天下第一汤"五个大字。又在温泉北边的山崖上写下了"此处不可不饮"六个大字。自此，安宁碧玉泉名冠云南……

1532年正月，四十五岁的杨升庵来到昆明，参与修撰《云南通志》，后来因人流言加害，他辗转离去，然而他的足迹就此踏遍了彩云之南。与初到云南时不同的是，此时的杨升庵已对自己栖身的这片山水产生了深厚的感情。每到一处，他除了寄情山水，还对当地风俗民情进行调查了解，努力学习当地民族语言，不知不觉之间，他从一个单纯吟咏山水自然的诗人转变成了一个学者，悄然担负起了挖掘当地文化，并与内地文化进行交流沟通的责任。

在白族聚居区，升庵惊叹于这个聪慧的民族竟然没有自己的历史书籍，于是收集资料，为白族修史；在大理，他欣喜于该地绝妙的自然风光，挥毫写下"百二山河"四个大字；他不但爱这彩云之南边塞之地的奇山异水，更爱内地难得见到的各类奇花异草。在永昌，当他看到"背日而开，与蜀葵相反"奇异的唐婆镜花，联想起自己的遭遇，慨叹此花就像那受到排挤和诬害的诤言之臣……尽管身为流放罪臣，然而他仍然关心人民疾苦。当发现昆明一带豪绅以修治海口为名，勾结地方官吏强占民田时，他正义凛然地写了《海门行》《后海门行》等诗痛加抨击，还专门写信给云南巡抚请求制止这一劳民伤财的工程……

苍山月，洱海雨；上关风，下关花……远在京城的嘉靖皇帝没有想到，云南美丽的风光竟然让他恨之入骨的这个所谓罪臣获得了身心的大解放。穿过熊熊燃烧的涅槃之火后，昔日的五品官员杨慎就此从精神的囚笼中突围出来，变成了深受云南百姓喜爱的学士先生杨升庵！

各族百姓对他喜爱有加。当泼水节到来时，他曾来到今开远市南洞风景区与当地百姓一起游玩。南洞的山水和淳朴的人民让他感慨万千，欣然提笔在洞口写下了"南洞"两个大字，南洞风景就此名扬天下……

中华文化有幸！继在黄州复活了苏东坡之后，这一次，在明朝的边陲之地为我们复活了千古流芳的"成仙人"杨升庵！

　　嘉靖三十八年（1559）七月，杨升庵在流放地去世。他七十二岁的人生，留下了诗、词、散曲及地方志、文论等各类著作四百余种。其中，尤以三十七岁之后写下的关于云南的《南诏野史》《云南通志》《云南山川志》《南中志》《滇载记》《记古滇说》等书意义最为深远。作家汪曾祺在游新都桂湖时，不无感慨地为他写下了一首旧体诗："桂湖老桂发新枝，湖上升庵旧有祠。一种风流谁得似，状元词曲罪臣诗。"并为他画下了一幅《升庵桂花图》。画面上盛开着黄灿灿的桂花，仿佛散发着迷人的馨香。李一氓先生则评价说："升庵功业当以在云南推行中原文化，使汉族文化与边疆少数民族文化相结合与融合，对中华民族的成长有贡献！"

　　信哉！

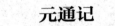

元通记

一

元通是住在水边的。这水，我们在下游古蜀州县城里叫它文井江，而在元通这一段，它叫汇江。仔细想想，倒也确如其名——在二江桥和半边街口，有味江河和泊江河相继汇入。河水清澈，然而水波不大，只半边街口逸出来的几朵浪花远远望去倒却像几朵轻盈的云。

春天的早晨，河水从绿色里流淌出来。到了黄昏，东岸的房屋就趁着夕照的斜光，把影子长长短短地铺荡在水面上。船是早已绝迹了，薄暮深处不时传来"吱呀"声，是犹寒的晚风中归人踩在了河的索桥上。

这桥晚上是不闭的，一夜总有人来来去去。

就叫汇江桥。

桥下是春夜散发着幽香的流水。岸边的房屋有时开了门或窗，就漏出一片灯光，洒在河面上，衬托得黑暗中的流水莫测幽深。

这是二十多年前我在元通读高中时，汇江给我的印象。这印象，静谧、悠闲，让人觉得汇江就只是一条温柔的河，住在河边的元通就只是一座温柔的小镇。不料，有一次，因了特殊的人与景，汇江却让我领略了它粗犷大气的另一面。

一条河，就是一座城市、一座小镇的血液。这另一面，也该是元通的另一重性格吧？

那时，我们常常到汇江边看风景。有一次，我们看到了鱼鹰船。十多只黑黝黝的鱼鹰威风凛凛地踞在船舷两边。许是收获不错，撑船的汉子心情舒畅，一篙斜入水底，蓦地，一曲山歌在水面悠悠响起：

> 喊个山歌飞过河哎
> 幺妹不听（哎）只赶鹅
> 急得小哥团团转哎
> 扯破嗓子（哦）莫奈何
> ……

其时，天边一轮残阳如血，汉子和他的鱼鹰船在暮色中渐渐向上游群山方向而去。

除了在汇江看风景，我们也常常溜到街上去。

元通的街名有一些很有味道：三倒拐（确实要连倒三个拐），半边街（街的另一边临河，几棵老树歪歪斜斜地长着，不远处是拱如半月的永利桥），十字坡……同班的元通同学说，三倒拐吃毛血旺，十字坡吃老荞面，半边街喝茶赛神仙。这三件事，嘿，是元通日常生活的三大享受。

确实也是如此。班上的女生很快就喜欢上了到十字坡吃荞面（加醋、剥几颗蒜放入面中），想换口味的时候，她们就烫一碗酸辣粉，挽起袖子，露出葱白的腕肘，个个吃得鼻尖通红。

逢场天，三倒拐到十字坡人挤人。

过了三倒拐，在双凤街口有一家铁匠铺，四周壁上挂了些镰刀、锄头、火钳、弯刀。我在老家的时候，常给父亲打下手。家里开了个铁匠铺，我扯风箱，父亲抡起二火锤，叮叮当当地击打。
就有顽童在旁边喊：铁匠铁，铁匠的鸡冠红半截。元通这家铺子
的铁匠是个五十多岁的男子，他打铁的时候，我和几个同学在一
边看，一边心里响起了老家顽童们的喊声。

但元通不仅仅是只有我们晃动的青春身影。

镇上有许多老房子，里面有小姐绣房，有考究的阁楼，一些
院子里还有深井。晴朗的日子，它们满身尘埃，沉默不语，对外
来探寻的无数目光三缄其口。而落雨的夜晚，它们却淅沥有声，
甚至呜咽如诉，缠绵低语。

它们究竟想替元通说些什么呢？

许多年后，我依然愿意这样猜想——许多年前，元通是个码
头。汇江河面上白帆来来往往。那时候，应该有许多在悲欢中挣
扎的青年男女从古蜀州乃至更远的新津县城上了一艘船，一路摇

元通风貌。袁建摄

啊摇，摇到了元通场吧？

除了汇江的风景，元通的这样一些故事更令我神往。

二

最初的元通，名叫横渠。

横渠者，横居于水上之谓也。临水而居的元通似一把中国琵琶，被远方赶来的三条河流弹奏得时而波澜壮阔，时而深情倾诉，转眼又慷慨激昂，缥缈出历史烟云，折射出人间悲喜……

这三条河，分别叫泊江、味江和文井江。其中，泊江河从都江堰市境内逶迤而来，一路倒映着金黄芬芳的油菜花；味江从"深山藏古寺"的青城山街子古镇奔涌而至，波光中晃动着唐末"一瓢诗人"唐求那恬淡的身影。这两条姊妹河合奏出了元通的婉约。她们分别在二江桥和半边街口汇入文井江，然后与文井江那浩大壮阔洋溢着阳刚之气的浪花汇成了滋养元通的千年不息的滔滔水势。

有水则有帆。古人早有定见：北人骑马，南人划船。被都江堰岷江水滋养出来的成都平原，虽独处西南，比不上连梦里都荡响着乌篷船咿呀桨声的江南水乡，却也是江畅海通，水运发达。且不说"门泊东吴万里船"的省会成都，单是周围的区县，数一数，金马河、斜江河、柳溪河……千年以来，每一条河面上皆白帆悠悠，往来舟楫如梭。倒溯回去，六十多年前，由于帆影悠悠，元通成为成都郊县最著名的码头，有着"小成都"称谓。

能成为一方中心的水运码头须符合两个条件：首先，得背靠物产资源丰富和有着庞大消费群体的地方；其次，得水力雄壮，河面宽敞，网路通畅。这两点，元通古镇都具备得天独厚的优势。民国年间的《崇庆县志》（民国时，崇州名叫崇庆县）是这样记述的："（元通）江中舳舻，上下转运无数，遂商贾殷阗，厘刊栉比。"再往前，清代光绪年间的《崇庆州志》上说："（元通）烟火数千家。"

其实，元通水运的历史最早可以追溯到一千六百五十年前的东晋。那一年，元通在历史上第一次有了行政建制，叫横渠。

永利桥。作者摄

一个春天的早晨，一艘帆船从横渠出发，向着下游的方向，开始了元通水运的处女航。与成都平原上所有的河流们一样，孕育并滋养了元通的那条文井江也是从大山里发源，源头就在崇州的苟家和万家两乡境内。最初，那一线山形沿平原边缘怯怯地拱起，渐成奔腾之势，终于长成一片惊窜的野马群，险峻在蓝天之下，纵横于藏羌腹地，与阿坝高原那片神秘的山水厮混在一起……而元通及其方圆数十里，土地肥沃，物产丰饶。中唐以来，当地人便依据药王孙思邈传下的技术开始无性繁殖川芎，一时供不应求。其后，当地又以烧窑出名，土陶和黄绿釉瓷以物美价廉冠绝他乡。

背靠物产资源丰富和有着庞大消费人群的莽莽群山，元通成为成都郊县最大的水运码头有了坚实的基础。

今天，已无从知道当年的文井江滔滔几百米宽的一河白水是何等雄伟的气势了，但我童年时曾亲身经历过一次文井江发大水，只听声如吼雷，远处势如奔马的浪头一浪接一浪遮天而来，顷刻便到面前，骇人之极。如此水力天然就为行船提供了绝佳的动力，尤其下行船只，无论吃水多深，风举帆张，胜似轻舟。文井江全长109公里，在崇州境内奔涌98.5公里后，到新津县蒙渡镇缓缓汇入岷江，由此，元通的水运网路便一水通，全盘活，以新津为枢纽，散向成都、乐山、宜宾、泸州、重庆……

据镇上老人回忆，到民国时期，元通水运的主要货物依然为千载不变的竹器、川芎、粮油、盐、茶、木材、药材、皮货等，即使改朝换代，陕西、广东、江西、湖广一带的客商依然穿越硝烟，纷至沓来。那时，朝阳初升时，水面上金光闪烁，白帆悠悠。自贡的坨坨盐被麻绳捆扎在竹筏上，劈波斩浪，已溯流而至。与此同时，一坛又一坛川西坝子出产的上等清油，用牛皮封住坛口后，被稳稳地固定在竹筐里，正堆在码头上整装待运。从这里上船后，这些清油将顺河而下，直达重庆，再分销沿海地区。黄昏时分，山里出来的漂木奔泻而来，在这里短暂上岸后，商家再选其中圆大直粗的捆扎成排，顺河而下，一夜可达新津……

　　一千六百五十年前，这片勇敢的帆从东晋的元通出发，迎风鼓荡，众多的船帆跟在它身后，穿过隋、唐、宋、元、明、清，一路抵达民国，书写了元通的水运盛况。这盛况，以及创造这盛况的人们的悲欢种种，让今天漫步在古镇长满青草的河滩上的我念想不已，神思不已。

<h1 style="text-align:center">三</h1>

　　当最后一片白帆远去，一处处码头就从时间的水面浮现出来。码头永在，老树为证。对于世界上所有的帆而言，无论是逆水而上的艰难时刻，还是顺水而下的畅快时分，码头都是一盏永远等候的灯火。舷边岁月悠悠飘荡，荡开一圈圈拂拭不去的涟漪，被桨声的乡愁经久吟唱：

> 大河涨水波浪多，
> 一路摇船一路忧。
> 三更星星绿幽幽，
> 水上男人苦水多。

其实，只要望一眼码头上那一棵老树，乡愁就回到了家。那树，忠实地站立在元通的码头边，被一代又一代流经元通的水滋养得枝繁叶茂，治疗所有的乡愁、相思和失眠。

最初的元通码头，或许只是几阶潋潋地湿在文井江边、吊脚楼下的青石台阶。倘若你是初到元通的游人，沿着半边街、双凤街、麒麟街、增福街古色古香飞檐翘角的民居行来，每隔百十步，就有一条深幽的小巷漏进你的眼眸。信步而去，初时尚可两人并行，渐行渐深，两边房屋挤拥过来，最窄处仅容一人侧身而过，头顶四周黝黑，须伸手扶墙而行；此时回转，却已辗转艰难，只得硬着头皮一步步挪动；忽然转弯，顿时天地洞开，只见一大片白浪花掀起吟吟水声，汪洋恣肆地铺展在好大一张河床上。

再低头，脚下已是高高堤坝，一条缀着旧绿新绿苔痕的台阶横陈在脚下，最低处没入水中，石头上一丝裂缝被水纹在阳光下晃来荡去。

这就是元通这座水边的小镇伸向文井江那最初的触手。那一条条触手，就是风吹江树低，晚来雨点急的春末黄昏，就是雪落点点愁，霜冻锁大江的冬日愁暮……元通伸出的最川西坝最人情味的慈悲柳枝。

柳枝轻拂，舟船缓泊。

这应该是一千多年来文井江边年年月月日日上演的不变一幕：行船人将货物卸下，沿青石台阶仰头而望，元通码头的夜晚，已然灯火煌煌：静静地闪耀在吊脚楼里她绯红的两颊、滚烫的姜汤、整洁的被褥、反复地沸腾在锅里的雪豆炖猪脚……

天明了，躲在被窝里的行船人静静地听着外面街道上热腾腾闹哄哄的各色吆喝，脸上流露出称羡不已的神色来，直直地生出不如就这样长住于此，做个快乐逍遥的元通人的念头来。

然而水面上千帆竞发，哪里由得人就此"元通乐，不思出"？大大小小的船舶们在元通沿岸大大小小的码头上养足了精神，休养了生息，终究还得装载了这福地四周丰饶的特色货物，趁一夜风紧，扯起风帆，被日夜不息的浩大水势送往远方……

独有那码头边吊脚楼上张望的目光迁延开无数的思念来。于是，在一个春雨潇潇的清晨，上游下来的一艘船首先惊喜地发现了那一棵生长在青石台阶缝隙里的小树来——

> 江风吹拂，树影婆娑。
> 树影茂盛，长日悠悠。

岁月铺躺在水面上。帆渐渐远了，终于只剩下满江漫溢的月光，独有那一棵树占据光阴，以深藏的年轮在内心的水面荡漾起一圈又一圈元通码头那越陈越香的故事——

这是湮没在元通水运史深处的一则传奇。清光绪二十九年（1903）十月的一天，当东方隐隐露出一线鱼肚白，一艘前狭后窄的乌篷船已稳稳地泊在元通半边街临水的码头前，船头绣有"大清邮政"四个字的杏黄旗被河风吹得上下翻卷，猎猎作响。码头上，几个身着"邮"字衣衫的人从临河的一间吊脚楼里搬出几捆麻袋，埋头清理，分类码好，准备装船。

那泊在江中的乌篷船乃是崇州邮局正式成立后专门往返于怀远、元通与崇州县城之间的邮船，人们戏称它为流动邮局。在元通驻足后，满载信件、药材、银票等物事的船将顺流而下，一路江水浩大，乘风破浪，如离弦之箭，约一个小时左右就抵达了下游的崇州县城。在那里，船上的物件将再次分类，迅速发往成都，通达全国。

这是清末成都平原商战中既鲜为人知亦至为有趣的一幕。自光绪二十八年（1902），崇州县城成立了正式的邮局后，由于来自民间麻乡约"民信局"的有力竞争，以及广大百姓对其不了解、不信任，业务一时无法开展。为了迅速打开局面，时任崇州邮局的主办者认为邮局最大的客源是在商家，最容易接受新生事物的人群也是商家。在仔细分析了崇州境内各大集镇的情况后，"大清崇州邮政"选择了素有"分州"之称的崇州怀远古镇和四方商家云集的元通古镇作为突破点，试图利用传统的船邮形式，定时往返，拟将同处于一条江边的怀远、元通、崇阳、三江四大集镇有机地连接在一起，从而一举击败麻乡约。果不其然，邮船的出现让元通的商家们感到十分新奇。有商家抱着将信将疑的态度将几笔小小的汇兑业务交与邮船，其快捷的效率、负责的态度让商家大为赞赏。"大清崇州邮政"趁机大肆宣传，尤其将其内部所规定的"凡有遗失损坏皆加倍赔偿绝不推诿"一行字大书于红纸之上，敲锣打鼓，一到赶场天，就在元通大街小巷广而告之。尝试过邮局服务的商家更是暗中受了邮局的吃请，纷纷现身说法。金杯银杯不如口碑，局面迅速打开，当时在元通、怀远一带做生意的外省客商纷纷转投崇州邮局，顿时，麻乡约门前门可罗雀。邮船的便捷让崇州邮局在与麻乡约争夺成都平原上崇州乃至大邑、都江堰一带市场的商战中一举拔了头筹。第二年春，邮局又增加了一艘邮船，从此，怀远、元通与崇州县城的邮船就在桨声灯影中定时往返，不论刮风下雨，阴晴雨雪，那一叶扁舟出没在汇江的波涛上，成为江面一景。那邮船，也渐渐被人们戏称为了流动邮局。麻乡约后来虽然又有几次大的反击，但终于抵挡不住现代邮局的冲击，一朝雨打风吹去，彻底退出了市场。

四

　　水边的元通，是柔情、温婉的，然而就像柔情从来与豪爽并存、温婉与刚烈互为两面一样，元通这个住在水边的女子，同样也具有弄潮于时代壮怀激烈仰天长啸的刚烈一面。自设立码头的那一刻起，一千六百多年间，她总是与中华大地同呼吸、共命运，尤其那国难当头、民族存亡的关键时刻，元通的儿女们上演出了一幕幕悲壮的传奇。

　　比如王国英。

　　王国英，名福昌，字擢廷，号国英，崇州元通人。生于1792年，七岁入学，十九岁考中秀才，屡试不第投笔从戎，后考中武举。1840年鸦片战争爆发后，已年近半百的王国英主动向朝廷请缨。其时的清廷，正是"文官爱钱，武官怕死"，王国英这名职低位卑的武举人的这一请缨，道光皇帝即令他进京陛见。在殿上，他当着众多高官大员的面对道光皇帝慷慨陈词："国难当头，微臣不敢爱身。"旋即，王国英被破格擢为参将，守卫宁波。他到宁波时正值战事激烈，率兵抗击十余日后，终因兵疲弹尽粮绝无援，英军蜂拥登城。他奋不顾身，率先上阵，不幸身受数伤，人马坠入陷阱被俘。被俘后，敌人劝他投降，他破口大骂，敌恼怒，对他挖眼、割舌、削指，他坚贞不屈，被敌人残忍砍头，为国捐躯。消息传到北京，道光皇帝下旨追封他为"忠勇公"，谥号"巴图鲁"（满族语，意思为勇将），并赐世袭"云骑尉"，拔库银五千两御赐沉香木精工雕刻人头（因有尸无头），特制冠袍锦带盛礼入殓，道光皇帝亲笔御题："马革裹尸才算死，麟编载笔俨如生。"

他阵亡后，宁波人民为怀念他，为之立庙塑像，并塑有同在宁波之战中捐躯的阿本穰、哈克里二将陪祀。

文井江滔滔大水日日夜夜从王国英的故居旁流过，其故居虽被当地人称为将军府邸，却没有那种让人敬而远之的威严威风的官宅之气。它实实在在就只是一座普通的川西民居，坐北向南，浅雅庭院，弥散着一种平淡平易的亲切感。整座建筑为川西平原常见的穿斗式结构，最大的过厅面阔13.8米，穿斗梁架4穿5柱，进深约7米，通高5.2米，当中立着雕花的柱头。其他厢房、大门、门厅、正厅均小巧玲珑。值得一提的是，由于王国英是秀才出身，天井中花台雅立，月照西窗，袅绕着普通尚武人家所没有的一股书卷气。

依照清廷旧制，王国英被道光帝追封为"巴图鲁"后，官方为他故居修建了龙门。这样，他家就有了两道龙门。如今，当年官家为他故居修建的那道龙门在历史的演变中早已荡然无存，唯有乡贤罗元黻在砖石结构牌坊式的二道门上为他撰写的石刻对联依然清晰可辨："宁波义烈彪麟笔，文井清光耀鲤庭"，匾额为：琅琊旧望。

远去的侯爷

一

　　娘娘岗是横亘在我故乡四川古蜀州西北方向无根山中一道恢
宏而又神秘的山岗。成都所辖区县中，蜀州状如倒马鞍形，地势
北高东低，数百座山岭夹住一条名叫文井江的大河，从与牛粪飘
烟的藏羌之域挨挨擦擦的北部台地游龙直下，一路巉岩壁立，树
虬藤结，至晨昏则雾岚如烟，越四季而草木荣枯，到河流出山口
一处叫鹞子岩的地方，狼奔豕突的山岭却骤然刹住脚步，剩一河
白水贴着崖壁呜咽宛转，转过山脚，激扑一马平川。

　　大河推涌向前。两岸渐渐杨柳堆烟，杂花生发。天幕下却凭
空矗立起一座座独立峰丘，像雨后大地上生长出的一朵朵蘑菇，
林木葱茏，色染青黛，沿左岸拔耸得高低错落。

　　峰底皆沟，多呈葫芦状或长蛇形。任意跨进一条，可见红砖
青瓦的人家两两三三，掩映在沟两边的竹林旁、水田边。

　　沟里人家鸡鸣男耕，暮归女炊，自有一番日月风景。譬如三
月，油菜花密密匝匝地从沟底爬上坡来，许多坡面上黄花高，绿
草浅；九月割罢稻谷，秋雨斜飞。上学的小孩全身被雨衣笼住，
沿峰下小路进进出出，头顶青枝横斜，滴答有声。

　　这座座丘峰既不与蜀州北边那罗汉般耸立的一众山脉勾扯，
相互间更各自成峦。千百年来，当地人各自守着自家门前那块山
丘，抬腿上坡，低头弄锄，山丘养活了他们，他们却辨不清脚下
这片福地的来龙去脉，心中奇怪有加，难以名状。有人好奇心上

来，便辞别婆娘端上来的热气蒸腾的甑子饭，怀里揣几块煮洋芋，甩开脚板，丈量出这周围大大小小共计七十二座山丘，皆似天外飞来，无根生成。回村一比画，众人索性以形冠名，将这片山丘呼之为无根山。

也有一说，大明洪武年间，张三丰得道之前，曾在丘峰间的烟雨朦胧处炼丹坐禅，终日眼观鼻鼻观心，却始终不得要领。忽一晚月白风清，瞥见窗外丘山鹤立，树影纷摇，顿时心通天地。清风徐来中，三丰真人哈哈一笑，轻捻颔下胡须，朗声吟出了那首著名的《无根树歌》。

传说终究邈远。然则天地造化，委实难测。那无根山款款起伏，正享不尽曲径幽境，忽一道山岗迎面壁立，崖角支棱，石色

昔日"天堑"娘娘岗。作者摄

赭红。风一吹，石缝间泥土簌簌剥落。寻路攀上岗来，脚底草木缠绕，头顶林荫蔽日。当地人说，岗上一年中多半个年头少有天蓝云白，却常见空中风急云涌。倘从更高处俯瞰，这道威风凛凛的山岗恰似一把铁锁，将无根山那一片桃源牢牢钳在了自己的虎背熊腰之后。

当地人称这道天堑叫娘娘岗。

二

清朝中期的著名将领，历经乾隆、嘉庆、道光三朝的一等昭勇侯、陕甘总督杨遇春就葬在娘娘岗下。

蜀州本地传说，杨遇春出生当晚，他母亲李氏梦见屋子四周涨了大水。水急浪涌，漂来一个红色木盒。李氏揭开一看，盒子里竟卧着两条鲤鱼。一条浑身金黄，另一条则通体赤红。李氏惊喜异常，用手轻轻一拨，两鱼顿时首尾相逐，游态翩然。

这传说颇能令当时的人慨叹：王侯将相果然不是普通人。然而传说之于名人，常属于事后涂脂抹粉。杨遇春兄弟二人，除他封侯外，其弟杨逢春也以战功授勋：乾隆末年，杨逢春由武生（俗称武秀才）入伍，累积战功，官至山东兖州总兵，道光元年告病回乡。

或许这正是双鱼传说的由来。

实际上，杨遇春是穷苦人家出身。乾隆三十六年，朝廷发兵征剿大小金川。他的祖父杨占魁以生员的身份，领办兵米督运，率领从蜀州各处乡村征发来的千余名民工推着装满粮食的鸡公车，跋山涉水。行到松潘一带时，天降大雨，从金川前线败退下来的清兵们仓皇冲击，民工们纷纷弃粮而逃。杨家就此破产，从小康之家坠入了赤贫。十二岁的杨遇春也不得不中断学业，从私塾回家，成为盐帮的一名马伕。寒来暑往中，他默默地牵着一匹负重不堪的瘦马，穿行在自贡往返蜀州的官道上、山径中。无数风餐露宿的日子，孤寂的马蹄声常嘚嘚地敲击在少年杨遇春迷惘的心头。

杨遇春像。袁建摄

　　杨遇春的传奇还体现在他的禄寿双全上。常言道：瓦罐不离井上破，将军难免阵前亡。杨遇春却是个福将。《清史稿》里说，杨遇春历乾隆、嘉庆、道光三朝，每遇军务，无不从伍驰驱。一生经历大小战斗数百次，皆陷阵，冒矢石，或冠翎皆碎，或袍袴皆穿，未尝受毫发之伤，世称"福将"；其部每战必张黑旗，时称杨家军。

　　清朝享国两百六十八年，崛起于白山黑水之间，铁骑劲弩，战将如云。由于特殊的民族原因，一直到太平天国兴起，八旗腐化，绿营日益兵疲将嬉，其执掌兵权的将领才逐渐由以满蒙军功贵族子弟为主的群体转向以儒家知识分子为主心骨的汉族将领集团。

　　杨遇春恰好处于这转换之间。他之前，威名赫赫的是多铎、年羹尧、福康安等八旗亲贵。他之后，力挽狂澜的是曾、左、彭、胡等汉族精英。

　　穿过时间的迷雾，可以更清晰地看到，杨遇春所生活的时代，清朝正处于从极盛时期的所谓乾隆盛世开始下滑的历史拐点。杨遇春以布衣之身，历经把总、千总、守备、都司等职，最终成为封疆大吏，总督西北两省，在汉人将领受猜忌、被排挤的年代，其中曲折意味深长。

　　以七十八岁的寿龄去世后，1837 年秋，杨遇春得到了道光皇帝极大的褒奖：除赠他太子太傅、兵部尚书的头衔外，还下令赏杨家白银两千两治丧，牌位入祀朝廷贤良祠，谥号忠武，其一等昭勇侯的爵位也由儿子袭承。

　　传奇者三，是一件国宝。

三

1926年编撰的《崇庆县志》（蜀州时名崇庆县）不唯史家风骨，而且文采斐然。然而关于杨遇春墓葬，地点却不尽准确（或许是当年交通不便，撰稿人未曾深入实地踏勘），仅寥寥两笔："娘娘岗崇林茂发。县人杨忠武祖墓及忠武冢均在焉。"

实际上，杨遇春是葬在娘娘岗旁边的龙华山腰。

龙华山形如卧虎。

山下绵延着一个小山村，几道阡陌纵横，数缕炊烟飘袅。据说每当夕阳残照，村里人家那麦草覆盖的屋顶上便好似撒了一层金沙，迷离得耀人眼目。因此得名为斜阳。

20世纪最末的一个暮春，娘娘岗四周菜花怒放。为写作关于白莲教的一篇文章，我满脚黄泥深入斜阳村一带寻找杨遇春墓葬的准确地点。奔波数天后，在一处由木槿花围成篱笆的房舍前，一个白发怡然的李姓老人津津乐道地向我讲述了当年杨遇春墓葬的凛凛威势：杨侯爷墓占地足有三十来亩，环敞在半山坡上，由牌坊、神道、陵墓、碑亭组成。通往墓冢的神道依山而建，两侧肃立着五对石刻的动物和人物，依次为石羊、石虎、石马、武将、文官。墓前放有石制烛台、宝瓶各一对，中间为香炉。我点点头，这正符合《大清律》的规定：杨遇春因是侯爵，除石兽外，还可配享文官武将的石像各一座。

潇潇春雨中，老人指给我看，墓冢所在的山头后面，兀立着一座黛青色的山岗。岗首耸峙，肖似虎头。一年四季林木翁郁，侯爷家的祠堂就曾矗立其上，飞檐翘角，青砖勾缝。右边的山坡上，隆着十来座封土敦厚的墓葬，墓前皆座立着造型拙朴的石碑。一场雨后，碑身青苔发黑，正是杨家的祖墓。

老人兴致勃勃地为我指点，从远处望去，祠堂所在的山岗像一匹虎头。虎头前面分开的两座山恰似两只虎掌。虎头环视，虎掌趴伸，构成一只饱食后的卧虎形象，静静憩息于铜墙铁锁般的娘娘岗下。

也就是说，从 1837 年起，身经百战的一代名将杨遇春就静静地憩息于龙华山的左虎掌之上，直到 1967 年。

那一年，杨遇春墓从蜀州大地上消失。

我凝目望去，恍惚间，似有一匹斑斓猛虎从湿漉漉的菜花丛中猛然蹿起，纵身一扑，就跃上了娘娘岗顶，然后仰天长啸，扑下岗去……我正要寻找那远去的虎影，却听见李姓老人朗声吟道：

将军百战归虎山，观音临水拈弦月。

随即，苍老的歌声悠悠响起：

无根树，花正幽。贪恋荣华谁肯休。
浮生事，苦海舟。荡去漂来不自由。
……

四周雨声淅沥。

四

多年以后，我才明白，斜阳村里李姓老人所吟诵的"观音临水"是什么意思。而一旦明了，杨遇春一生的玄机就从那两句诗里悄然溢出。抬眼一望，天地间越发春水茫茫。

观音临水，指的是深藏于成都名刹文殊院中的"发绣《水月观音》像"。那是一件堪称国宝级别的文物，它高 1.44 米，宽 41.2 厘米，以纯丝素缎为底，人发当线精心绣成。相关介绍里说，（此像）线条流畅，针法谨严，技艺精湛，堪称发绣作品中的上上之品。它与现珍藏于伦敦博物馆、由南宋高宗赵构的安妃手绣的《东方朔像》，和现藏于日本正仓院、由明代韩希孟绣制的《弥勒佛像》一起，并称世界三大发绣精品。

这幅绣像的作者，即是杨遇春的长女。据说，此女自小虔奉佛教。嘉庆二年（1797），杨遇春奉命平定白莲教。因担忧父亲杀戮太重，她便于每月朔望（即初一、十五）之日，各抽拔自己的头发三根，用金刀将每根发丝一分二，二分四，直至剖成肉眼难察的细丝，再精心刺绣，历时十三年，费头发共计 936 根，终绣成这幅精美的发绣《水月观音》像。

画面上，观音三十三化身之一的水月观音结跏趺坐，神态端庄，正解度人间一切苦厄。

五

　　杨遇春为清廷所倚重，始于嘉庆二年爆发于湖南、四川等地的白莲教大起义。在此之前，他由武举入军，在四川总督福康安麾下的绿营军中担任把总，因为跟随其平定了贵州苗族起义，受到了福康安的注意。《清史稿》记载说："当红苗（清廷对苗族的蔑称）之变，杨忠武公遇春方为材官，福康安见而奇之，曰：'此将才也。'"

　　福康安一生为乾隆器重。他十九岁即以头等侍卫之职统兵随征大金川，此后担任过吉林将军、盛京将军、武英殿大学士等要职。其大军所过之处，地方官都要供给巨额财物。前线血肉横飞之时，他营帐中正美人歌舞，余音不绝。四十二岁那年死后，更被追封为郡王。民间于是纷纷传说他其实是乾隆的私生子。

　　如此一个骄奢亲贵，杨遇春区区一名汉族下层军官，如何能入得了他的法眼？《清史稿》那种亲贵慧眼识英雄的写法表面是虚饰，实则不过是拍郡王与侯爷的马屁而已。实际上，杨遇春是靠"狭路相逢勇者胜"的气概为自己赢得了人生中第一块军功金牌。

　　乾隆六十年（1795），也就是福康安死前一年，贵州苗族起义。三十三岁的杨遇春奉命调赴今天贵州省铜仁市松桃县一带。福康安命令麾下诸将带兵前往支援被义军围困的松桃县城。前往松桃的山道山高林密，各路军马面面相觑，不敢轻易进发。杨遇春挺身而出："率敢死队四十人为前锋，由（山）间道纵马入贼屯，呼曰：大兵至矣！降者免死。"贼相顾错愕，（杨遇春）复呼曰："降者跪！"于是跪者数千人，直抵城下，围遂解（《清稗类钞》）。

这一仗，杨遇春获得了人生第一个顶戴花翎（孔雀翎），此后，他又因解除了永绥城之围，被清廷赏赐号"劲勇巴图鲁"。

他的壮举，得到了后方边观赏美人歌舞边遥控指挥的福康安的赏识。《崇庆县志》里说："贝子壮之，立奏予孔雀翎，加都司衔。"然而满朝的衮衮诸公们哪里知道，白莲教乃是杨遇春内心一生都挥之不去的疼痛。

六

嘉庆十九年（1814），因迅速平息了陕南饥民起义，杨遇春第一次受到皇帝召见。仁宗皇帝问他：此前，湖北、陕西、四川三省军务（即白莲教起义），为何绵延至十数年之久？杨遇春顿时心内一酸，他沉吟片刻，方缓缓回答道：有专责则事易。

嘉庆点头赞许。

作为反腐第一帝的嘉庆，此时显然简单理解了白莲教起义的缘由。他接手时的大清王朝已然是一个金玉其外败絮其中的病摊子，多年以后，由清末民初文人徐珂所编撰的《清稗类钞》将白莲教起义归咎于几个首领，并将他们刻画为陈胜吴广式"怀造反之心"的草莽枭雄，显然更加脸谱化——他写道："川楚教匪初起时，以刘之协、姚之富，齐王氏为教首，三人皆枭雄。齐王氏又号齐二寡妇，美姿容，擅谋勇。其余如冉天元、王三槐等辈，亦皆一时凶悍。至若其中谋士，出奇制胜，使王师疲于奔命者，则以徐亮基称最。亮基字慕奇，成都拔贡。少负奇气，倜傥不羁，或以狂生目之。居恒窃慕诸葛亮、刘伯温二人，因取以为名，自号小诸葛。与冉（天元）同里，冉本富家子，豪侠任气，后为门客煽惑，遂从教匪起事。亮基闻耗而起曰：大丈夫得时则驾，机不可失。仗剑往说之。冉大悦，署为行军参谋。用其策，号令川东北群寇，横行数省。"

作为一场人数达数十万之众，涉及四五个省的农民起义，显然不是仅仅靠几个枭雄式的草莽人物所能激发到声势浩荡地步的。

这一点，和白莲教周旋达十多年之久的杨遇春深有体会。

乾隆五十年（1785）以后，湖北连年水祸。乾隆五十三年（1788），荆州地区"江水泛涨，冲溃堤城"，大水从"两路入城，水深丈余，两月方退，官舍仓库俱没，军民淹毙无算"。同一时期，该省公安、石首等地连年遭洪水的侵袭，收成减半，瘟疫横行，人口"大半逃亡"。乾隆五十九年（1794），襄阳地区发生大水灾。许多人被迫离乡背井，到湖北、四川、陕西交界的深山老林中寻找出路。与湖北等地人民沦为鱼鳖之食相反，乾隆末年，四川接连大旱，土地龟裂，颗粒无收，贫苦农民拖儿带女往川陕边境的通南巴大山中寻找生路。

昔日温顺的庄户人家顿时沦为惶然无计的流民。

中国历史上，人祸与天灾总是如影随形。乾隆六十年（1795），湖南、贵州苗民爆发起义，清廷财力骤然吃紧。由于湖北、四川二省邻近湖南、贵州，两省负担尤为重。然而地方官充耳不闻，反而"赋外加赋"，以致"今日州县之恶，百倍于十年、二十年以前"。为增加财政收入，清廷采取严禁"私盐""私铸"和大量裁减水手的措施，流民队伍骤然扩大。

和一般的庄稼人不同，敢于贩卖私盐的都是敢用性命与生活搏斗、生活在社会最底层的勇力之人。他们成群结队，从家乡出发，"背用木架，盐用竹篾包安架上，以背负之。撑手有丁字木棒，小憩用木棒撑架，遭雨水辄不能行……所负重常二百四十斤，包高出肩背，上重下轻。石畸树角，偶一失足，坠陡坡深涧，则人毙包烂"。

当时贩运私盐的人很多，在自贡一带，"（盐）井旺时，日以万计"。然而"此等自食其力之夫，极勤且苦，所获仅足佣口"。

所谓"私铸"，也同样是无业游民，因生活无着就偷偷地开矿冶铜，"以铸小钱"谋生。

此外，在长江、嘉陵江两岸充当水手的无业游民，更是常常借川江号子呐喊出自己那"精膊溜"的非人生活。

为了生计，这些昔日的种田人、私盐贩子、纤夫，在福康安们歌舞弹唱的惬意生活中，辗转汇集到了湖北、四川、陕西三省交界地区。这里群山起伏，犬牙交错，千峦万壑，地势险要。他们"襁负而至，佃山结屋，垦土开荒"，短短十来年，竟聚集了上百万人。然而这里土地瘠贫，气候恶劣，灌溉困难，因此"纵有丰年，亦仅平熟，必兼别业乃免冻馁"。为了生计，他们有时"盈千累百"地去"吃大户"，遇有官兵追捕，"小则拒捕抗官，大者揭竿'谋逆'，甚至碁布要害，公然为掎角之势"。

火药桶即将点燃。这时候，白莲教教义所描绘的"理想国"

图景就成了那一根导火索。

白莲教，传说是达摩祖师在中国所创立的一个佛教宗派。然而，它与同样传说为达摩所创的禅宗却大相径庭，尽管其教名中所嵌的"莲"字富含佛教意味。它其实源自波斯，原称摩尼教（亦称拜火教），是波斯人摩尼所创。传入中国以后，又吸收了佛教的诸多内容。唐朝时，它一度公开活动，不久被朝廷查禁，于是变成了秘密结社。此后，历经宋元，亦被视为"邪教"，于是中国的摩尼教徒们改称其宗教为"明教"（金庸先生的多部武侠小说即取材于此）。元朝末年，明教教徒大起义，教徒朱元璋在做了皇帝以后，定国号为"明"，然而他随即便严禁了自己曾经所宗的教派。

白莲教崇拜弥勒佛。其教义其实非常简单，就是天上的弥勒佛即将降生人世，成为人间的救世"明王"。它认为：世界上存在着两种相互斗争的势力，叫作明暗两宗。明就是光明，代表善良和真理；暗就是黑暗，代表罪恶与不合理。弥勒佛降世后，光明就最终战胜黑暗。信奉"明王"的人，须悔罪、祈祷、吞符、吃素，然后劫数可逃，黑暗过去之后，即可过上安居乐业的好日子。

这正好迎合了千百年来中国大地上生活在哀哀无告状态之中的无数底层百姓。于是，和元朝末年一样，清嘉庆元年正月初七，接受了白莲教教义的、挣扎在湖北、陕西、四川三省交界处深山中的流民们揭竿而起了。

对于这些被逼造反的白莲教教众们，杨遇春的态度和周围的满族军官们是有着很大不同的。《崇庆县志》里说："遇春治军严整……平日朴讷若无能……尤不嗜杀，能得降人死力。"对于白莲教义军，凡愿投降的他皆给予宽容为怀。他麾下的将领也大多由降者而来："（杨）善抚驭士卒，部下多降匪，腰佩长刀，形貌凶险，而杨颐指气使，莫不悦服。"

七

杨遇春为民间所推崇，与他善待白莲教教众有关。而他为历史所铭记，则和收复新疆四城有关。道光六年（1826），杨遇春已六十五岁，多年的征战早已染白了他的鬓发。昔日身先士卒的下级军官如今已成了不怒自威的清王朝代理总督。这年六月，新疆张格尔叛乱。在浩罕汗国（位于今乌兹别克斯坦东部）的支持下，叛军迅速占据了喀什噶尔（今喀什）、英吉沙尔（今英吉沙）、叶尔羌（今莎车）、和阗（今和田）四城。十月，张格尔叛军正向清军的主要集结地阿克苏挺进，并到达距阿克苏仅八十里的浑巴什河，后又进至距阿克苏仅四十里之地。形势危急之际，清军在杨遇春的直接指挥下，对叛军两面夹击，击毙和俘虏一千余人，"大河以北，已就肃清"。

随即，杨遇春等率军向战略要地柯尔坪（今柯坪）进军。在杨遇春指挥下，陕西提督杨芳兵分两路突袭该地，将三千叛军全部消灭。

道光七年（1827）二月初六，清军主力开始向喀什噶尔大举进军。张格尔闻讯，急忙在洋阿尔巴特（今伽师东）纠集叛军两万。二十二日，清军进至大河拐。当晚，叛军乘清军扎营未稳之机，以三千人偷营劫寨。清军早有戒备，枪炮齐发，击退叛军。次日晨，杨遇春率主力由正面，杨芳由右翼，另一员武将武隆阿由左翼，分路扑杀，叛军纷纷溃逃。清军追击三十里，大获全胜；毙敌万余人，俘敌三千二百余人。二十五日，清军向张格尔重点设防的沙布都尔庄（今伽师西）发起猛烈攻击。张格尔利用沙布都尔庄的有利地形，"决水成沮洳，贼数万临渠横列"，阻挡清军前进。清军步兵冒险从正面越过水障强攻，叛军恃险施放枪炮，并用马队进行反冲击，两军短兵相接。战至最激烈时，杨遇春大吼一声，率马队从左右两翼包抄，叛军阵营顿时大乱，大败而逃。二十八日，清军又在阿瓦巴特大败叛军，歼敌二万余人。乘胜追至洋达玛河，距喀什噶尔城八十里。二十九日，清军进至浑河北岸，距城仅十余里。张格尔不甘束手待毙，令叛军倾巢而出，十余万人背城阻水而阵，绵亘二十余里，以作最后一搏。

浑河两岸，战云密布。

八

那天晚上起了大风，浑河两岸飞沙障目。清军主帅长龄以敌众我寡，敌又据有利地形，恐其趁风霾之机反击，欲退营十余里，待风停再攻。经验丰富的杨遇春劝阻说："天赞我也，雾晦中贼不辨我多少，又不虞我即渡，时不可失；且客兵利速战，难持久。"长龄觉得有理，立即以索伦马队千余骑绕趋下游佯渡，牵制叛军主力，由杨遇春亲率主力趁昏暗在上游抢渡。

果然叛军因遭突袭，阵脚顿时大乱，纷纷溃逃。三月初一拂晓，清军全部顺利渡河，并乘势进抵喀什噶尔城下，随即发动猛烈进攻。城内叛军既缺乏杀伤力大的火炮，又没有统一指挥，数万人龟缩一处，乱作一团。清军迅速攻占了喀什噶尔城，生俘叛军四千余人。狡猾的张格尔在城破之前已先逃遁，欲归附浩罕。被拒绝入境，只得流窜于柯尔克孜族的游牧处所，伺机卷土重来。清军收复喀什噶尔之后，即一分为三：长龄留驻喀什噶尔，杨遇春率军向英吉沙尔、叶尔羌进剿，杨芳率兵进攻和阗。杨遇春兵行迅捷，以雷霆万钧之势，于三月初五攻克英吉沙尔，十天后又兵不血刃地收复了叶尔羌城。不久，杨芳所率清军于毗拉满（今和田西）击败叛军五千人，乘势攻克和阗。至此，南疆四城全部收复。

九

2017年4月初，我又一次来到了娘娘岗旁龙华山上的杨遇春墓地。这一次依然春雨潇潇。从3月开始，雨水就连绵不断地湿润着蜀州大地。娘娘岗周围的山坡上，原本怒放的金黄色菜花已氤氲出一股浓郁的湿甜气息。已经不需要翻越了，一条公路洞穿了岗岭。从隧道中钻出来，我惊奇地发现，那阻隔了平原与无根山的昔日天堑厚度还不到百米。更令我惊奇的是，原来杨遇春墓就在那蜿蜒铺展的公路旁边，举手可及。

我很轻松就攀上了曾经埋葬过一等昭勇侯的山坡上。面对着空荡荡的坡地，这里已竖立起了一块浅绿色的告示牌，上书：清一等昭勇侯、太子少保、陕甘总督杨遇春墓址。

　　我注视着眼前这面熟悉而又陌生的风景，耳畔忽然又响起了十多年前第一次登临这里时，李姓老人那冰凉的声音：

杨遇春墓地。作者摄

　　"他们把杨侯爷从棺材里拖出来时，侯爷还穿着朝服，脖子上挂了一串朝珠，像活的一样。他们剥了朝服，取了朝珠，然后喊着口号，看着侯爷被太阳一晒，眨眼就成了一堆灰。他们把灰踩踏得满地都是，骨头拿去肥了田……"

十

　　嘉庆五年（1800）八月，杨遇春率兵征剿陕西白莲教义军伍金柱部，在秦岭深处一处名叫手扳崖的地方，双方展开了一场大战。黄昏时分，另一支起义军从山间小道上出其不意地杀下来，顿时将杨遇春部冲击得七零八落。穿着白色战袍的伍金柱手提一把大斧突然冲到杨遇春面前，斧刃寒光闪闪，差一点就将杨遇春劈落马下。杨遇春匹马横穿，苦撑到三更时分，方率残部冲出重围。

　　那天晚上月亮很大。筋疲力尽的作战双方离开后，清冷的月光从夜空泼下来，映照着山岭间无数死者污血涂抹的、圆睁的双眼。

画　魂

一

昙云寺是突然把包围着我的那片黄昏敲响的。

秋正深。脚下的泥泞路越走越弯越走越窄，到极处，简直就是在田埂上蛇形挪行。身后，一轮夕阳正缓慢而庄严地下沉。片刻之后，巨大的天幕就会骤然收紧，然后打个青色冷战，像一口铁锅般倒扣下来。前方云层下，一行大雁急速掠过。在天地合拢之前，大雁们像我一样，还有许多路要赶。我怅惘地张望，空荡荡的田野里，东一块西一片地洼着发黄的雨水。风一吹，映在水面的天空便裂开一圈圈波纹。

麦子要下一个节气到来时才会播种。显然，平原上的农人们此刻都闲在自家灶房里，等待新米煮熟。我止住脚步，看着空荬的四周——除了几盏灯火在前方那片黑黝黝的竹林里朦胧闪烁，天地间一片寂静。

连秋蛙的叫声也没有。

更别提什么飞檐翘角铎铃声声了。

一个小时前，我从阳光满地的乡村公路上拐下来，道旁一位锄地的老人模模糊糊地回答着我的询问："啥？你说啥子事？"

昙、云、寺。我一字一顿地说。

老人停下锄，将双手重叠着搁到锄把上，下巴枕在上面，不解地看着我。我比画着：大爷，我到昙云寺……唉，就是到庙子里去，咋个走？

"嗨，你早说嘛。"老人如释重负，抬起脸，布满皱纹的眼角笑得弯了起来，"是团鱼寺呵。你念错字了。"他侧转身，指着身后一条铺满巴地草的小路，"顺着路走，过了李家林就到了。"

现在，在这条迷宫般的乡间小路上跌跌撞撞了一个小时后，望着四周潮水一般即将包围上来的暮色，我确信，眼前已无路可走了。

我到昙云寺，是为了寻找王恩隆的画作。

几天前，我接到了一个神秘电话。电话那头，一个慵懒的女声委托我寻找一幅名为《昙云集仙图》的画作。那时候我正躲在秋天的第一场雨后面，看着窗外细雨斜飞，转眼就将我所居住的小城上空飘染得烟雨蒙蒙。女人的嗓音里似乎含了块软糖，言辞却直言不讳：我们之所以找你，一是知道你现在什么都不缺，唯独缺钱；二是知道你正在写一组关于川西画家的文章，而这幅画的作者王恩隆，将是你不得不予以重点关注的、你家乡的重要人物。

我轻轻"哦"了一声。女人的声音突然停顿下来，然后软糖融化了，电话那头仿佛吹来一阵和煦的春风："如能发现这幅画的线索，我们给你的报酬是——"声音停了一下，缓缓说道，"一、万、美、元！"

雨更大了。窗外，许多雨篷被敲得哗哗直响。那一万美元让我仿佛置身于一场梦境当中。女人的声音飘散很久之后，我才发现自己忘记了一个很重要的问题——

王恩隆是谁？

这名字，一点也没有艺术范儿，倒像个见人就打躬作揖的乡下土财主。

二

　　我的故乡是曾以出产画家而闻名的川西平原。他们青衫飘飘，如一叶叶扁舟，出没于繁华成都，绘就了许多风流韵事。

　　故乡古名蜀州，位于成都以西，隔一条金马河与这锦官城遥遥对望。在这片不大的土地上，造物主按高低布景，照季节着色，从西北到东南，依次起伏着山，涌动着河，铺展着原。倘春讯到来，最先染绿的是百里平原，入目杨柳堆烟，春雨蒙蒙；当秋风吹送，斗霜弄雪的则是漫山遍野林立的乌桕、迟开的杜鹃，层林尽染，万山红遍。就在那高高山岭与坦荡平原的隐秘交接处，一条名为文井江的河流腰身曲折，已悄然无声地流淌了千年。

　　天下绝美山水多矣。然而我故乡却以自己这一番"山四、田五、水一"的形貌滋养了众多丹青能手。千百年来，尤其中唐到五代时期，从我故乡走出去的一批画家个个身怀绝技。历史风云的变幻中，他们虽未"啸聚"成画坛一派，却也笔酣墨畅特色各具，不能不说是一道罕见的艺术景观。

　　故乡的画家们以占领成都为能事。

　　　　　　胖娃胖嘟嘟，骑马上成都。

　　　　　　成都又好耍，胖娃骑白马。

　　　　　　白马跳得高，胖娃耍关刀。

　　　　　　关刀耍得圆，胖娃滚铜钱。

铜钱滚得远，胖娃跟到撵。

……

　　许多年来，成都在我心目中，是一座奢华之城。无论是小时候懵懵懂懂所唱的这首童谣，还是稍长后听大人们以羡慕的口气所谈到的成都的广大与闹热：老成都穿城九里三分，围城四十八里；四十八条正街，三百六十条小巷……都给我极为强烈的印象——成都这地方，荟萃了天下的吃喝玩乐，集聚了人间的富贵荣华——也因此，散居在我故乡山水之间的画家们每每有了得意之作，便乘了渡船，朝这一方舞台进发。

　　金马河波高浪急。渡船被一根铁链锁住，撑船的汉子一在前点开船篙，一在后稳住木舵，两人同时喊一声"起"，船即脱离江岸，箭一般往对岸斜刺里急泻而去。浩大的江风吹得船上的人们低头缩肩，与被草绳捆缚的家禽们混成一堆，鸡鸣鸭叫，猪喊狗吠。有时候也有牛坐船到对岸，四蹄紧绷，邃黑的眼睛幽幽凝望着水面。一根牛绳从它鼻子里穿出来，被背着斗笠的牛倌紧紧勒在手心。

　　从我故乡出去闯荡的画家们，经常像牛一样固执地站在人群中。他们长袖飘飘，衣角翻飞，紧紧夹着卷在腋下的画作，毫不理睬扑面而来的水沫，眼里燃着莫名的悲壮。

　　他们的目标，是位于忠烈祠街的会府书画市场。

　　自晚清开始，会府书画市场即是成都一景。不拘单双日，书画市场皆赶在黄昏前开市。不懂行的人一走进去，立刻就会被铺天盖地的书画震撼。一条狭窄的巷子里，字画店林立，绵延数百米。举目一望，以国画为主，间杂了版画、水粉水彩（后来增加了西洋画、素描）等的各类画作琳琅满目；人物、山水、花卉、走兽、虫鱼、禽鸟千姿百态。略懂门道的则穿行在形态各异的屏障、卷轴、扇面等各种画幅之间，欣喜地对着画面上那变化无穷的工笔、写意、勾勒、水墨等技法指指点点。春夏时节，常有喜欢文墨的一些中等人家的闺秀结伴而来。看到中意的笔墨，这些成都女子就将右手举起来，宽大的翠袖滑顿时滑落到白生生的手肘处。她们朝空中伸出葱葱玉指，红嫩的指尖时而上翘，时而斜落。显然，她们是以指代笔，临空摹写那一幅幅或行或楷或魏或草的书法作品。如遇某幅字墨黑似漆，铁划银钩，她们脸上顿时焕发出一股英气。

巷子里风很大。各家店前都挂了灯笼。无论铺面宽窄，灯笼皆是在著名的灯笼街上著名的作坊里定制，纱笼雪白，各写了风雅名号。黄昏后，巷子两边的灯火高挂起来，如两长串糖葫芦迎风铺展，照耀得四下里白昼般通明。然而老板们（他们都各有自己的雅号，或云退思斋主人，或叫翰墨香居士，等等）无论胖脸或瘦颊，皆悄悄置身于灯火后的黑暗处，冷眼瞅着伙计们笑容可掬地在前台迎来送往。

只有抬头看着自家灯笼上那鲜亮的名号时，这些"退思斋主人"们脸上才会露出难得的笑容。

三

老板们在等待。等待败落的世家子弟从人流深处急步进来，解开几层衣服，从贴肉的衣中掏出祖传名人字画；等待圆滚滚的富商横着身子进来，张口就说，拿一幅富贵荣华图来，待觉得四周眼色不对，立刻又改口道，喊你们老板来。

前者进来，老板们瞄一眼画，心中突突直跳，丢个眼色给伙计，漫不经心地一摆手：去，把后面那幅真迹拿出来，让×少爷比对比对；碰见后者，老板们则急忙碎步上前，打躬作揖，连声斥责伙计速上好茶。待富商坐定，他们方缓缓转过头来，轻摇折扇，吟道：草堂春睡足，窗外日迟迟。在下退思斋主人……

大清光绪七年（1881）春，二十六岁的青年画家王恩隆也像他的同乡们一样，腋下卷着自己的画作，牛一样挺立在船头，迎着金马河的风浪兴冲冲地踏进了会府街。

他即将面对的，就是这样一群"退思斋主人"。

现在已不知道王恩隆曾在成都遭遇了什么。他清瘦的身影在会府街书画市场一闪而过，再一次出现，已是十九年后八月的一个清晨。那天清晨天边朝霞似血。八国联军的炮声正在北京城外隆隆响起。两鬓斑白的宫廷画师王恩隆不知所措地徘徊在紫禁城外。他做梦也没有想到，老佛爷慈禧太后会连夜奔出京城。一觉醒来，京城里已兵荒马乱。

他望向西方，老佛爷的马车正仓皇奔窜，黄土道上腾起一股股烟尘。

他望向东边，密集的枪声正炒豆子一般爆响。

他转过身，朝家乡方向眺望，却隐约看见了那一群正摇头晃脑的"退思斋主人"。罢、罢、罢！此处不留人，自有留人处。一跺脚，他走入了四散奔逃的人群之中。漫天旋舞的烟尘里，王恩隆如一棵离土枯树，往北边踽踽而去……

四

王恩隆本可以凭一支画笔，在成都吃香喝辣。会府街的"退思斋主人"们虽擅长变脸，对来自古蜀州的画家们却历来不敢慢待。

这缘于中唐时期的李洪度传奇。

李洪度生于蜀州平原地带，其父略通文墨，家中蓄了十多亩水田。每年春耕时节，天上风吹云动，燕子翩飞；水田里耕牛哞哞，波光粼粼。受此景色影响，他少年时期即醉心于描摹烟柳漠漠的平原气象，三十岁后逐渐转向烟岚熏染的山岭村落。他善画山村，寥寥数笔，一股五柳先生笔下"暖暖远人村，依依墟里烟"的意境便不经意地勾勒出来。墨色浓淡适宜，线条生动如风。

三十五岁那年，李洪度从喧嚣的蜀州城里出来，把自己安顿于州境西北边无根山深处的一处村落里。他晨观朝云，晚对落日，着麻衣葛巾，吃粗茶淡饭，闲来弄笔丹青，拄杖登山自乐。然而麻烦来了——唐宪宗元和二年（807），武元衡出任剑南节度使，邀他到成都大圣寺维摩诘堂内专绘帝释天及梵王像。

农家子弟李洪度崇尚逍遥自得的道家生活，于佛事并不熟稔。那帝释天和梵王皆是佛界大神，事迹已极为传奇，画像更加精妙。作为天龙八部之天众首领的帝释天形相，在印度佛教中通常为头戴宝冠，身披璎珞，手持金刚杵，身骑六牙白象，四周祥云环绕；传入中土后则面貌多样，有时为男人女相的少年帝王像，有时又变为皇家后妃模样，凤衣凤冠，双手合十。梵王又称"大梵天王"，在汉传佛教中多为手持莲花的中年帝王形象，辅臣簇拥，雍容华贵。

李洪度虽心灵出尘，但身体还在人间。毕竟身为布衣，父母官对你上一秒是春风和煦，下一秒即可转为雷霆震怒。

岂可不"欣然"接受？

渡过金马河后，李洪度骑上了武元衡派来的白马。他也不前去武元衡官邸答谢，直接蹄声嘚嘚地把自己送进了大圣寺幽暗的禅房之中。三天三夜后，粒米未进的李洪度从禅房里出来，阳光落在他头上，满头青丝已如霜胜雪。

一夜白头的李洪度缓缓踱到维摩诘堂内，往穹顶凝望片刻，然后从容登上木梯，将大如碗小如碟的几个砚台一一搁好，从斜背的布袋中徐徐抽出了自己的画笔……许多年后，《益州名画录》对他绘在维摩诘堂东西两面墙壁上的帝释天及梵王像依然惊叹不已，赞叹道：笙竽鼓吹，天人姿态，笔踪妍丽，时之妙手莫能偕也。

《益州名画录》能发出这样的惊叹，并非空穴来风。距李洪度作画三十多年后，唐武宗大规模灭佛，川中许多寺庙佛像皆被毁。当毁像者们手持大锤，气势汹汹地走进大圣寺维摩诘堂内时，抬眼一望，只见那墙壁上的帝释天双手合十，慈眉入云，目光中的神情似笑非笑如怒如悲。众人将锤一扔，双腿不由自主地软了下去。

李洪度的声名就此由成都而远达长安。那时候，他已死去十多年，其坟墓在无根山的一处偏远村落里也已衰败得杂草丛生。维摩诘堂的壁画耗费了他整整三年的时光。当最后一笔收拢时，他耳聋眼花弓腰驼背，成了一个苍老不堪的废人。

接连不断的蜀州画家们依然一代又一代地渡过金马河，朝成都进发。

数一数，他们的名字至今仍在历史的折页中闪亮：

左全，晚唐画家，擅佛教画，曾在大圣寺、文殊阁、极乐院、多宝塔等成都多处寺庙留下画迹。唐宣宗时，他又奉命在圣寿寺大殿画佛教里著名在家菩萨维摩诘的变相，其所绘的楼阁、树石、花鸟、人物等，无不惟妙惟肖，各尽其妙。

麻居礼，唐末五代人，在佛像壁画领域自得一方天地。其墨迹走出成都，遍达川中资阳、简阳、邛崃等主要道观及寺庙，虽历经战火而不毁。到北宋年间，还有人在成都圣佛寺偏门北畔得见其所画的《八难观音》图。

宋艺，前蜀王衍时，因善画被封为翰林待诏，成了前蜀朝廷的一名宫廷画师。他擅长人物画，所画的唐朝历代帝王肖像画为当时人称赞。作为宫廷画师，宋艺享有民间画家所没有的特权——他喜欢喝酒，喝到酣处，便挽袖，便登高，便挥毫，便泼墨，常带领手下一帮酒友，满成都大街小巷地寻找刚粉刷出来的雪白墙壁。大慈寺的墙壁上，他曾兴之所来，随手画了道士叶法善、禅师一行、沙门海会、内臣高力士等人画像，栩栩如生的神韵惹得围观的和尚和香客们竞相膜拜。宋艺还极擅长画花鸟。

周行通，一脸络腮胡须，善画马鬃浓密四蹄腾跃的番马。人们奇怪他身处汉地却像是目睹草原上的马匹雄姿，他拈着自己浓密的胡须微笑不语。人们再问，他再次含笑，伸手捋须。于是众人恍然大悟，原来周行通是照须画鬃，便送他一个外号：周胡。

此外，还有善于画龙的孔嵩、擅长罗汉像的杜弘义、专注山水的杜措、喜绘鬼神的赵才……

一时多少豪杰。

五

成为宫廷画师后，王恩隆曾接受过一次"采访"。那天，他刚刚在北京寓所"过花山馆"里作了一幅山水，取名为《西蜀集仙图》。三十多年后，这幅中等尺幅的画作被张大千收藏。大千先生赞道：（此画）疏林远山，层林尽染，笔笔见到，轻松淡雅，功力修养豁然纸上。

后来，大千先生又一次谈到自己为何对此画情有独钟，说，一是画得好，二是技法高，干净利落，值得借鉴。

画名《西蜀集仙图》，缘于王恩隆的名号"集仙"。将西蜀置于自己的名号之前，王恩隆念念不忘的仍是故乡的山水。

他出生于昙云寺附近，后来的资料对此一直语焉不详。人们翻开发黄的《蜀州县志》，他的生平仅有寥寥数语，置于"士女"部中的"方技"类。和他排在一起的，是所谓"奇技淫巧者们"——医生、民间武术家等。排在他们前面的，则是名字重重叠叠身居各种官位的历代蜀州人士。

县志上说，王恩隆（清），字集仙，蜀州人。布衣。工诗文，善画，游宦江苏，因画受知端方，得纵观所藏，画益进。山水熔化石涛、蓝瑛二家、兼参王翚、吴历；花卉翎毛，具陈淳遗风；走兽学郎世宁。晚年患目疾，作画在有意无意之间，更觉神趣……

然而在昙云寺周围，多年来在一些老人们中间一直流传着关于他的许多传说。

昙云寺地处蜀州东南部平原地带。苍穹如盖，四野碧绿。寺后一条河流在大地上曲折蜿蜒，每过一处村落，绕流几户人家，便弯出许多水潭，水面黝黑，深不可测。这些水潭中，数昙云寺后面那处最大。水面常年波光云影，竹叶漂荡，几乎达一亩大小。

炎夏欲雨的黄昏，天空中黑云黄云交错，变幻得如兽如魅。寺后水潭上常浮上来纳凉的团鱼，三五成群，黑背青肚，四肢如船桨般慢腾腾划动。倘四周无人，它们就迅速游到岸边，钻入林间觅食。

后来我才明白，这就是当地人将昙云寺喊作团鱼寺的原因。

2007 年那个深秋的黄昏，当我面对如潮水般包围过来的黑夜，正身心俱疲彷徨无计时，对面那丛灯火微闪的黑黝黝的竹林后面，忽然响起了一阵震天荡地的钟声。

钟声悠悠回荡。天地间豁然裂开了一道口子，电光石火般刹那一亮。那丛竹林顿时矮了下去，两道苍黑的飞檐在我眼前庄严地呈现出来。

六

寺庙已破败不堪。一丛土墙蜿蜒伸向竹林深处，将它和农户们勉强隔开，然而一到早中晚煮饭时间，几股青色的炊烟便同时从庙里和村里悠悠升起来，在空中纠缠成一团——寺庙何尝脱离人间？人间本为佛众修炼之地。

　　看守寺庙的唯一一名和尚穿着一领黄色僧衣，趴在耳房内的一张桌边，正端了一碗稀饭哧溜哧溜地往嘴里倒。村里几个老人陪我走进庙内。这是第二天上午。那天晚上，我歇息在这个名叫李家林的林盘里一家农户的土墙草舍内。青壮劳力都出去打工了，留守在村里的老人们见有个城里人装束的人到来，纷纷拥进门来。主人家抓出一把生胡豆，又伸手取出腌在土罐里的一块老腊肉，倒出塑料桶里的白酒招待我。室内一灯如豆，窗外繁星满天。腊肉咬在嘴里，有种撕扯丝绸般软滑的感觉。白酒入口，烧得我嘴里火烧火燎。气氛氤氲到热闹处，老人们高声唱起来，声音高入云天：

　　　　　　　星星出来绿幽幽，
　　　　　　　为帮长年把妻丢。
　　　　　　　半夜三更落大雨，
　　　　　　　光棍老哥哭稀溜。
　　　　　　　……

　　听说我寻找王恩隆，那天夜里，当十多个缺牙巴老人酒酣耳热，唱得又哭又笑时，一位须眉皆白的老人悄悄扯了扯我衣角，带我来到了寺后那黝黑的水潭边，对我讲起了关于王恩隆的一则传说。

　　多年以来，只要一到每月十五的月圆时节，当月光透过窗棂，照到昙云寺观音殿的石壁上，就会有一幅画浮现出来。月光如水，把那幅画洗得清清楚楚。画面上方，是一团一团莲花般的云彩。

云彩下远山隐隐，远山里几棵苍松，一丛茅舍。茅舍中，一位身着灰色长衫的老人盘膝而坐，双目似睁似闭，嘴角若思欲言……

我说："观音殿呢？"老人看了我一眼，将目光转向云层中时隐时现的月亮，悠悠长叹一声："早没了。"他目光一转，"小伙子你信不？那是王恩隆的灵魂借画魂归故里啊！"他言语凝重，眼里似有泪光闪动，"画里老人就是王恩隆的模样啊。树高千丈叶落归根，人走万里死回故乡，集仙先生他，死不瞑目啊！"

七

一代画师王恩隆王集仙先生是死于辽西巨匪金寿山之手。

而那金寿山，却也可以说是毙命在王恩隆的一幅画下。那幅画，正是传说月圆之夜会浮现在昙云寺石壁上、我苦苦寻找的《昙云集仙图》。

昙云者，佛家之云也。意思是云团团密集，气象万千地环绕在佛祖身后，象征着永恒的西天胜地云蒸霞蔚。

然而人间的景象却常常是佛祖西来，大江东去。

大江东去，浪花悠悠，流淌着画家王恩隆悲欣交集的一生。

清光绪二十四年（1898）初春的一个黄昏，北京城里照例风沙大作。在狭窄昏暗的"过花山馆"里，王恩隆满怀思乡之情，挥笔作下《西蜀集仙图》后，接受了一位来自日本的中国书画收藏者的采访。

东瀛客人以中国人面貌出现，操一口流利北京话，言谈之间，他请王恩隆评价自己的"画品"。王恩隆不假思索地答道：天下之大，吾不得而知，至于吾川不作第二人想也。然后，他顿了顿，目光里透出一缕悠远的神情，往四川方向望去，怅惘地说道：吾少时曾遍览蜀地丹青，觉高手诚然如巨树林立，然独服膺于吾乡之李洪度而已。

虽名列为所谓宫廷画师，然而王恩隆过得并不舒心。太后老佛爷向来天威难测。环绕在她身边的画师有二十多人，几乎个个都身怀绝技，花鸟、人物、山水等皆能信手拈来，行书、楷书、草书等都无不倚马可待，尤其擅长的，是察言观色，溜须逢迎。

王恩隆布衣之身，非亲非贵，性格木讷，只因偶然受了端方赏识，才得以战战兢兢地迈进紫禁城，能偶尔代慈禧在宣纸上描画几笔，已是"皇恩浩荡"了。况且，身后还有那么多双妒火中烧的眼睛。实际上，老佛爷恐怕连王恩隆是谁都想不起来，尽管她那雍容华贵的坤宁宫里长年悬挂着一幅王恩隆的《富贵平安图》。画面上，一枝墨紫色的牡丹从色泽淡青的花瓶口窈窕地伸出来，枝叶披离，花瓣舒张，像美人沐于春风之中。

这幅画被慈禧挂起来后，王恩隆才算稍稍喘了口气。然而思乡之情却又暗暗滋长出来。特别是一到风沙漫天的春季，已届中年的王恩隆日益思念的，是故乡那杨柳堆烟的柔情山水，一想到故乡，他对一代大师李洪度的眷恋便日益加深。

尽管隔着一千多年的时空，然而每当王恩隆想起李洪度，却感觉心中似有无数的情愫要向这位同乡兼同行倾吐。

多年来，李洪度躬身在大圣寺墙壁上画像的姿势，像故乡点亮的一盏灯火，始终亮在王恩隆心里。

二十岁那年，矢志丹青的王恩隆只身深入无根山中，寻找自己精神导师李洪度的坟墓。人间风云多变幻，大师的坟墓早已荡然无存，只剩下无根山七十二座山峰在天地间依旧巍巍屹立。那天黄昏残阳如血，大风将漫山遍野的芦花吹起来，纷纷扬扬的花穗在半空中飘飘洒洒，落了青年王恩隆满头满脸。

他一动不动，任凭芦花扑面，在山里静静站了一夜。

六年后，1881 年初秋，已经历会府街书画市场"洗礼"、知晓"画坛"伎俩的王恩隆从成都急匆匆返回蜀州，再一次来到无根山深处。这一次，他不再以静立的方式向李洪度致敬，而是在山野里盘膝而坐，似乎在深深思考着什么。月上中天后，他缓缓站起身来，朝月色下那静谧伫立的山岭忧伤地注视了一阵，然后转过身来，踩着露水，朝数十里外的金马河大踏步走去。

故乡就此失去了王恩隆的消息。

二十多年后，从北方传来消息，画家王恩隆早已因性情孤癖，鲜与世接，以致穷困，殁于都门。

八

王恩隆当然不是逝于北京，而是死于兵荒马乱的辽西巨镇广宁县（今辽宁省北镇市）。北镇的资料里，至今仍将他列为流寓至此的书画名人。

2017 年初冬，为了证实王恩隆最后的下落，我特地来到了这座素有"幽州重镇、冀北严疆"之誉的辽西小城。故乡蜀州正是寒风初起，眼前的北镇却已落过了第二场雪。远远望去，这片土地上的平原和山峦依然保持着它们最初的姿势。我沿着城市旁边一条不声不响的河流边走着，随手捡了一块石头丢下去，溅起几朵浪花。

再过几天，河流就将冻住。

那时候，历史是否也会被封存起来？

我眯着眼，使劲瞅着北镇上空那一轮缓缓穿行在灰白色云层里的太阳，努力寻找着王恩隆在 1900 年的背影。

1900 年初冬的北镇，匪影出没，刀光剑影，天寒地冻。

从北京辗转流落到此的王恩隆住进了北镇破败不堪的城隍庙里，起初给人刻章、写福字为生。由秋入冬后，有人不知从何处探知了他曾担任过慈禧的御用画师，前来求画者渐渐多了起来。

为求生计，漫天的飞雪里，王恩隆每天一早起来，便呵开冻墨，然后跺脚搓手，待身上暖和些了，他才俯下身来，把满腔的情愫都倾诉到那洁白的宣纸上。每画完一幅，他都要小心翼翼地落款，"西蜀王集仙作于惜分阴馆"。

惜分阴者，出自《资治通鉴》里所记载的关于晋代陶侃的故事：侃性聪敏恭勤，终日敛膝危坐，军府众事，检摄无遗，未尝少闲。常语人云：大禹圣人，乃惜寸阴，至于众人，当惜分阴。岂可但逸游荒醉，生无益于时，死无闻于后，是自弃也！

北京湫隘的寓所被称为"过山花馆"，破败不堪的北镇城隍庙叫作"惜分阴馆"。不觉之间，王恩隆已悄然成为对时间恋恋不舍的人。

当年那静立于无根山中参拜一代大师李洪度的青年哪里去了？

当年那个毅然抛弃成都书画市场，如孤雁一般把自己投向北方的青年哪里去了？

　　……北风怒号，遍地冰霜。漫漫长夜里，王恩隆瑟缩着身子，躲在断垣残壁的北镇城隍庙里，一遍遍地审视自己四十多年来所走过的路。他仿佛看见自己从竹林中的茅屋里出来，牵着父亲的手，慢慢绕过水潭，走进了昙云寺，仰起头来，看见了李洪度所绘的那幅帝释天像……

　　然后，他就听到了嘚嘚的马蹄声。

　　马蹄声转眼就踏进庙来。

　　那时候，北镇一带流传着一句顺口溜：冯麟阁占东山，青麻坎杜立三，洪辅臣半边天，抢官夺印金寿山，三只眼闹得欢，海沙子到处翻。

　　1900 年隆冬骑马来到落魄画家王恩隆面前的，正是北镇人谈虎色变的、抢官夺印的辽西巨匪金寿山。

　　后来的事件一直扑朔迷离。北镇本地的文史资料说，八国联军进北京，宫廷画家逃亡各地，王集仙辗转来到北镇城隍庙隐居。北镇大土匪金寿山常来买他的画作。而民间的传说则是，金寿山之所以喜欢王恩隆的画，是因为他被张作霖追杀时，王恩隆曾用一幅画救了他的命。

　　这是一则听上去简直有点匪夷所思的奇闻。北镇医巫闾山深处一个古槐虬结的村庄里，一位关姓老人双腿盘在炕上，一面噗噗地抽着旱烟袋，一面不时用眼瞟一瞟窗外纷飞的雪花，然后烟雾缭绕中向我讲述起来，说得活灵活现，情韵悠悠：

　　那年冬天滴水成冰，冷得邪乎。腊月二十三，金寿山大办寿宴，被张作霖偷袭，他只身骑了一匹马冲进城隍庙里，遇见了正在偏殿角落里打着地铺的画家王集仙。这时候追兵也冲进了庙门。那金寿山走投无路，正要饮弹自尽，却看见王集仙站在角落里向他招手。他正在犹豫，只听见哗啦一声，那王集仙王画家忽然展开一幅三尺多长的画来。金寿山只看了一眼，就恍恍惚惚地走进了画里面，只觉得四周祥云环绕，青山隐隐。他牵着马在里面走，好像入了蓬莱仙境一般。等他回过神来，却看见自己还在破烂不堪的城隍庙里。他这才反应过来，原来是面前这个高人用画遁法救了他的命⋯⋯

我笑了起来。老人也不好意思地笑了，将烟袋往炕桌上一磕，喊道：老婆子，烫二两酒来⋯⋯我忽然心念一动：大爷，你刚才说那幅画里面祥云环绕？

关老人笑了：我爷爷就是这样给我讲的。他神秘地朝窗外瞅了一眼，仿佛怕那漫天的雪花将秘密听了去，低声说：那幅画有个名字，好像叫什么《昙云图》。

我点点头。金寿山认识王恩隆后，一直对他嘘寒问暖，常亲自过来买他的画。那时候北镇里虽有清廷驻军，金寿山却就当没有看见一样，经常披着貂毛大衣在城隍庙里进进出出。为了笼络王恩隆，他还送上了三双特制的鞋子——靰鞡。靰鞡用上等牛皮制成，那皮从活牛身上扒拉下来。扒拉时，得先把牛四肢捆住，将四根蹄子上的牛皮从根部割开，然后把牛嘴边的皮子割破，一直卷到牛脖处再反拧起来，用铁丝拴在大树上，然后把牛放开，用一根大木棒朝牛屁股上突然敲打下去，已痛得撕心裂肺的牛猛然向前一蹿，整张皮子就从头到尾完整地剥了下来。活剥下来的牛皮厚薄均匀，去掉四肢、脖子和肚子上的皮后，剩下来的就可以用来做靰鞡了。每头牛只能做一双半靰鞡。

蜀地生长的王恩隆哪里知道脚上这一双暖和柔软的靰鞡的来

历？北风如刀的日子，他惬意地穿着靰鞡，泼墨挥毫，为金寿山绘就了一幅又一幅山水、花鸟、人物。金寿山转手就奉送给了日本人。

如果日子就这样下去，王恩隆或许就成了一只被精心豢养的笼中鸟。然而对金寿山来说，王恩隆所有的画作他都可以不要，除了那一幅《昙云集仙图》。

<h1 style="text-align:center">九</h1>

蜀州地面上，叫昙云寺的佛禅丛林共有两处，一处是高门大户，殿庑辉煌，坐落于三江汇流的繁华市集，后改为当地乡镇中学；另一处就是王恩隆的出生地，僻处于乡村小道深处，如今已仅剩一圈土墙，几间破房。资料上叫小昙云寺，当地人因其寺后水潭内常有团鱼出没，呼之为团鱼寺。

清乾隆十八年（1753），小昙云寺一带春旱。夏，旱情愈甚，范围扩展到蜀州的整个平原地带，四月底天似坠火。李家林有户人家发下誓愿，如果赶在插秧前天降甘霖，就将自家的三间草屋捐献出来，改建为寺庙，以谢我佛慈悲。

就在那户人家许愿当晚，一场大雨果真从天而降，下了整整一天一夜。李家林盘后面那沱本已干涸的水潭平地起水，到天明时水涨溢进了竹林深处。消失许久的团鱼们划动四肢，随水而来，竟三五成群，或攀爬上人家屋顶，或懒洋洋地抱在林间的许多树上。

小昙云寺就此兴建起来。到嘉庆年间，香火日益旺盛，飞檐翘角的大殿里供奉了燃灯、释迦、弥勒三世佛，并另辟空地，建起了观音殿。手持净瓶的观音在大殿龛座上衣带飘飘似立似飞，一双慈悲目使人到此无不低眉念诵，双手合十。

就在那观音殿里，有人从成都运回来一块石壁，镶嵌在木柱之间，成了天造地设般的一堵墙。石壁上，天人姿态般的帝释天低眉含笑。阳光从大殿上方照下来，辉映得她圆润的脸庞浮雕一般熠熠生辉。她身后，祥云金光四射。

清咸丰十一年（1861）四月初六清晨，六岁的王恩隆牵着父亲的手，从竹林中的茅屋里出来。父子俩慢慢绕过水潭，走进了昙云寺。跨进观音殿的那一瞬，一束阳光追赶进来，大殿里金碧辉煌。小王恩隆仰起头来，就看见了李洪度所绘的那幅帝释天像……

庙外，广袤的田野上燕子翩飞，牛声哞哞，正是春耕时节。

四十九年后，大清宣统二年（1910）深秋，五十五岁的西蜀画家王恩隆在辽西突然去世，死因不明，身后遗下一幅尺幅阔大的画作，被金寿山收入密室。此画色墨混用，墨中有色，色中见墨，以大写意法泼染于一等高丽宣纸上，气势磅礴，意境悠远，画面上昙云密集，云层下青山如黛，为画家一生呕心沥血之作，取名为《昙云集仙图》。

辽西传说，金寿山获得此画后，视如珍宝，时常盯着画痴痴凝视。三个月后，一向精明的金寿山竟大意失荆州，被张作霖率部突袭，死于乱枪之下。《昙云集仙图》从此去向不明。

万历年间的火焰

一

　　把乌纱帽还给朱家以后，汤显祖即着手把自己恢复成一个闲人。首先想到的是江南，但向生活了七年的秦淮河周遭打量一番后，他决定把四十八岁的身体安放到故乡临川的山水之中。在那里，可以背靠先祖们的坟茔，对着庭院清风，在鸡鸣犬吠中呷一口酒，安静写字。

　　从花红柳绿的留都南京到陆地最南端的广东徐闻，再到山高林密、虎啸惊魂的浙江遂昌，弹指间，踌躇满志的三十四岁新科进士竟成了两鬓泛雪的七品芝麻官。十多年来，汤显祖无数次梦回故里，醒来却眼睁睁看着自己身陷官场，笔钝案牍。这个决定让他感到了身心合一的巨大愉悦。

　　故乡也很快抚慰了这个远归的游子。载一船明月回临川不久，久慕他文名的邻居高应芳将院内有一口水井的老宅低价转让给了他。汤显祖随即将祖屋与之连成一片。简单修葺之后，有花木葳蕤，有青瓦绿苔，却依然"居庐甚隘"。同时代的人记载说，为留住杜丽娘倏忽不定的娇影，一代文豪不得不"鸡栖豕栅之旁俱置笔砚"。

　　笔砚之外，襟怀何寄？大师特意在自己简陋的书房前植下了几丛修竹，数棵玉茗（白山茶）。为新居取名时，他起初落笔为"幽篁居"，沉吟良久，终于墨定为"玉茗堂"——"钗头玉茗妙天下，琼花一树真虚名"。打五年前遇到陆放翁这句诗，他就从王维的竹林里躬身退出，满腹腔调自许了白山茶的格韵高绝。

随后，花前的梦境与市井间的传说就联袂到来了。人们把这个传说咀嚼了四百余年：当《牡丹亭》修改到第二十五出《忆女》时，汤显祖突然失踪了。家人找遍了玉茗堂及附近几条街巷，三更时方在柴房的一个角落里寻到他——柴堆旁，黑暗中，老夫子正以袖掩面，低声痛哭。家人惊问缘由，他回答说，填词填到"赏春香还是（你）旧罗裙"这句时，只觉眼前都是杜丽娘哀婉的身影，再也抑制不住，就躲到柴房里大哭起来。

一个文士沉浸在创作中是快乐的，即使那只不过是一场饱含泪水的梦。如果时代待汤显祖们温厚些再温厚些，今天的临川和临川以外的大地上可能就更多了一些让人爽耳清心的书香掌故。然而官家的权杖常常从现实中横扫过来，不由分说就将文人们的梦碎为齑粉。这年（1604）正月初，临川落了新年第一场雪。漫天碎舞的琼花中，汤显祖又一次飘进杜丽娘梦里，正当"两人"恍惚"不知周之梦为胡蝶与？胡蝶之梦为周与"时，一封信惊雷般从天而降。平静的玉茗堂顿时花木失色。

信是从京师来的。纸张粗粝不堪，显然急手拈来，寥寥数语，凸得每个字更黑沉沉似铁：

> 屡承公不见则已，见则必劝仆，须披发入山始妙。仆虽感公教爱，然谓公知仆，则似未尽也。大抵仆辈，披发入山易，与世沉浮难。公以易者爱我，不以难者爱仆，此公以姑息爱我，不以大德爱我。……且仆一祝发后，断发如断头，岂有断头之人，怕人疑忌耶？

信未读完，汤显祖只觉眼前一黑，晕厥在地。醒来时已近午夜。雪已霁，临川城中万户阒寂。云层中浮出一钩冷月，映得远近人家屋瓦上点点残雪胜霜。汤显祖叫家人拿来信，在油灯下再次展读，当读到"断发如断头"一句时，他手脚颤抖，仰天长叹道，达观大师命已休矣！言毕，热泪滚滚而下。

几天后，消息证实。汤显祖一生尊以为师的禅宗僧人达观因牵涉所谓"妖书案"，在诏狱中被锦衣卫严刑拷打十余天，已于上年十二月十七日凌晨不幸圆寂。

二

世相有时候确实如此奇特——在我们印象中，僧行月下，道居林泉，男女悲欢于世间，都是天地间应有之景，然而这位法号达观的僧人最后的修行之路却是将身体住到监狱里，历经训斥、拷打、逼供，却昂起头来，在血污、悲号与腥臭之中从容赴死。佛陀的拈花一笑竟化为人间烈焰熊熊。

他被抓捕的情景四百年后读来依然惊心动魄——

明神宗万历三十一年（1603）十一月二十九，京畿大雪。渐黄昏时，雪花已大如鹅毛，天地相连。深夜，一队锦衣卫骑兵身着黑衣，得意扬扬地从雪阵中冲进北京西山潭柘寺，抓捕了六十一岁的浙江嘉兴楞严寺僧人达观。在后来由东厂和锦衣卫联合呈送的一份侦缉报告中，人们看见，达观在被捕前十余天的行踪早被大明特务机关的"法眼"一览无余：万历三十一年十一月二十申时，东厂番役李泰等报到，僧人达观由崇文门内观音寺起身，骑坐黑驴一头，带徒僧两人，俗人一名，到于北安门外观音庵住歇。五鼓出阜成门，去迄。十二月初一，办事李继祖等，访得达观在西山潭柘寺潜住，西司办事吴应斗擎获，锦衣卫候审。

被锦衣卫审讯十六天后，十二月十七日凌晨，达观在诏狱中坐化。随即，一首据传是他被捕时口授的偈语在南北各地寺庙中不胫而走。语句中火焰般勃发的凛然之气让翻阅案卷的首辅沈一贯觉得脊背阵阵发凉，甚至，连深居大内的皇帝朱翊钧也感到了一丝怅惘。他迟疑着，端详着密呈上来的这二十八个字久久不语：

> 寒潭古柏映青莲，野老经行三十年。
> 留偈别来冲雪去，欲剩爽气破重玄。

"狱禁森严，水火不入，疫疠之气，充斥图圄"的大明诏狱中死掉个把犯人本来是一件平平常常的事情，但达观的身份及其慷慨赴义之举却蒙上了一层神秘而悲壮的色彩，让他在此后数百年间声名大振——除了玉茗堂中弟子汤显祖的泣血悲悼外，两百多年后，龚自珍更不辞辛劳前往拜谒。

1839年，四十八岁的龚自珍不堪充塞于朝野之间的浊气，将头上的顶戴交还给了爱新觉罗氏，把身心散落到三月的江南。在长江两岸草长莺飞的晴明天地中，他写下了后来被称为"己亥杂诗"的一系列诗章，悲愤地吁请天公"不拘一格降人才"。9月初，他再次从杭州北上迎接家眷，途中特地绕道去了一趟嘉兴，在倾脂河畔的楞严寺里，他拜谒了达观的铜像，当看到达观和尚怒目金刚般的仪容时，联想到其以身护法的壮举，不禁心神俱往，笔墨如泼：

> 径山一疏吼寰中，野烧苍凉悼达公。
> 何处复求龙象力，金光明照浙西东。

仿佛天地有灵，当龚自珍写罢最后一字，楞严寺正巧敲响了晚课的古钟。西天晚霞如火，钟声悠悠回荡，倾脂河水面上激起一阵清风，掀得寺内藏经楼上风铃鸣颤。俄顷，楼内经卷窸窣，书页翻动之声大作。

龚自珍不觉一愣。

见状，楞严寺主持、达观第十三代弟子逸云低声告诉龚自珍，那被清风翻阅的经卷正是达观生前念念不忘、集六代僧人之力、刻了整整一百二十九年方才完成的传奇大藏经——《嘉兴藏》。

暮色中，逸云眼蕴清泪，望着周围渐次明亮起来的万家烛火，缓缓说道，前朝万历间，达观祖师不惜燃躯供佛，众弟子感其伟力，其后一百二十年，《嘉兴藏》终刻印完成，广布天下，圆了祖师心愿。然则，他将目光转向龚自珍，炯炯问道，如今经卷又润过了万千人眼，人间是否就此存了清正？人心是否就此驻了光明？

龚自珍怅然不语。

三

达观在狱中没有望雪，尽管他羡慕雪花在天地间的来去自由。

被捕后仅几个时辰，他就经受了一次凌辱。几个锦衣卫推推搡搡将他带入一间潮湿不堪的囚室，不由分说把他踩翻在地，撩起他的僧衣，然后，雨点般的板子就落到了他屁股上。噼噼啪啪的击打声中，达观紧闭嘴唇，一任污水浸得脸颈冰凉。

第一次击打并没有持续多久。天亮后，几乎冻成冰棍的达观被提到了锦衣卫左都督王之桢面前。后来的记载中，高踞于官椅之上的都督大人与被锦衣卫们强行按在地上的僧人曾进行过一番简短而饶有意味的对话。王之桢问，你是高僧，为何不在深山中修行，却来京城中交结士夫，干预公事？达观回答，明公说得是，我也欲要远去，今在西山暂住。他顿了顿，苍凉一笑：我心中原无别事。今既遭遇，是我前世业障。

谈话就此结束。双方都明白了对方的底牌。于权柄一方，是认为面对了一块顽石；于僧人内心，却我自弘我法，正得其所。

随后，剧痛来临了。如果达观魂能离体，从万历三十一年腊月初一凌晨开始，他一定在大明皇家诏狱中的囚室上空看见了自己那具无论怎样努力也无法逃离的肉身。

那肉身正在人间地狱里苦苦挣扎。

即便在当时，人们也知道大明诏狱里施之于囚人的酷刑共有十类。不过是暂握了人间权柄而已的虎狼者们似乎天、地、时间皆不惧，连自己的暴行都懒得虚饰，以致这些词到今天仍在淌血：廷杖、立枷、全刑、剥皮、铲头会、刷洗、钩背、抽肠、断脊、刺心。各刑种之间，既独立，亦连缀。有人连第一关都无法挺过，廷杖数十下即当场毙命；也有人能挨次挣扎过来，到最后，除了鼻孔里残喘一口气，全身上下早已没有一寸完整皮肤——一切，全视了案件的需要或刑讯者们的心情而定。

只是这世上——谁无父母？提携捧负；谁无兄弟？如足如手；谁无夫妇？如宾如友……

然而确乎是一入诏狱，有进无出。

雪在万历三十一年腊月的北京上空以舞者的姿态持续降临在众生头上。雪花中，茅屋里的小民舂着米，一下一下地数着新年的脚步；雪花中，深深闺房里燃起了炉火，有人捧起《牡丹亭》，痴痴地念"情不知所起，一往而生"；雪花中，朱红宅门内的蜡梅开了。赏花的人蹂到窗前，惬意指点着娇艳的朵朵黄萼……

雪花中，达观被剥光了下身。大明王朝的板子从空中一下、一下、一下地朝这个和尚击打下来。

落到达观身上的那两根"杖"似乎还很年轻。杖抡起，空气中旋即散开若有若无的山野清香。然而它们并无山野的温润之情，却满布朝廷的肃杀之气。痛楚之下，达观将头狠狠撞击地面。廷杖完毕，他牙关里已塞满带血的泥土。

廷杖过后，是立枷。再一次，喜爱在山野间行走的僧人被木头们包围起来：颈脖上，是重达一百五十斤的木枷。困住他身体的，是一间狭小的木笼。枷到第二天，雪花落在木枷上，每一片已如石头般沉重……

还有几种最常用的酷刑在等着他。如剥皮，"所擒之人，手足咸钉门板上，取沥青浇其遍体，用椎敲之，未几，举体皆脱，其皮壳俨若一人"。

然而达观却微笑起来，回迎着都督大人的目光。临死前，他将身受的荼毒淡淡地写在了几封书信中。在《腊月十一日司审被杖偈》里，他竟然敢嘲笑朝廷的板子，将它们比作梳发的"竹篦"：

三十竹篦偿宿债，罪名轻重又何如？
痛为法界谁能荐，一笑相酬有太虚。

四

落在达观生命中的最后这场雪是从一场迷雾开始。

万历十七年（1589）起，一入秋，北京城中总是多雾。有好事者夜登京西定都峰，见二更之后，分居京城两边的潮白河与永定河水面上开始袅起缕缕白气。三更之后，两股白气合拢，天地间涌来如纱如幔。黎明时分，棋路般纵横的街巷已凭空消失。远远望去，偌大的京城只微露紫禁城几丛楼阁，愈发缥缈如蜃楼仙景。

定都峰是永乐年间欲迁都时，帝师姚广孝勘地所在。有识者闻之，叹曰，雾气弥漫，皆因龙隐——至万历三十一年，大臣们已经整整十四年没有见到皇帝了。从宫中传出的消息说，神宗依然鲜活，且每晚必饮，每饮必醉，每醉必怒。左右近侍一言稍违，即毙于杖下。

人王既隐，天象则异。仅以本年而言，六月二十八，山东泰安州发大水，淹死男女八百余人，毁坏民舍数千栋。七月二十三，京师大雨，保定府祁州、安肃两地亦同降暴雨，顷刻间水深尺余，拔树折木、苗稼尽伤。八月初四，福建泉州府发生洪水，溺死万余人，毁坏民居不计其数。同月，该府同安县飓风大作，暴雨随至，海溢潮涌，冲坏民居、死人无数。

像往常一样，户部关于赈灾的报告呈上去，恰似泥牛入海。一切大小事，神宗皆不朝、不见、不批、不讲。内阁束手无策。人们看见，首辅沈一贯值班时，常捧着茶杯，踱着方步，含笑将太阳铺在室内的影子一寸寸从长数到短，短数到长。

堪堪熬到入冬，终于圣意有察。十一月初六，神宗的声音从深宫中抵达天下：鉴于天灾，十七岁的小儿子福王每年的享用酌定为禄米一万石。

大家顿时松了一口气——幸亏灾情还算识大体。眼看又一年即将平安度过，谁知仅六天后，北京城里却平地刮起旋风。一场迷雾从旋风中心生长出来，黑纱帐般当头罩下。朝野立刻大乱。

十二日清晨，正浓雾如幔。内阁大学士朱赓刚起床，家人鼓噪说门上贴了几张奇怪的传单。朱赓命揭来一读，立时又惊又怒。

传单上，一个叫"郑福成"的人议论道，太子朱常洛被册立是出于不得已。如今东宫属官不齐备，是为了将来改立福王朱常洵。皇帝起用朱赓，是因为赓与更同音，说明早有更立太子之意。百官中，依附朱赓的文官有兵部尚书王世扬等；武官有锦衣卫左都督王之桢等。幕后主使两人，一为皇帝最宠爱的郑贵妃，一为东厂司礼监秉笔太监陈矩。传单最后说，内阁首辅沈一贯向来依附郑贵妃，将来如太子朱常洛登位，必定会发生类似永乐帝起兵那样的靖难勤王之事……

这时候，京城里已沸沸扬扬。原来，趁着大雾的掩护，这张传单昨夜竟然张贴、散发到了戒备森严的皇宫门口及无数普通街巷中。

此前，朝野间已盛传神宗钟爱郑贵妃所生皇子朱常洵，欲立其为太子，但又无正当理由废掉长子朱常洛，于是在册立太子问题上一拖再拖。两年前，朱常洛终于被立为太子。朱常洵则被封为福王，封地为河南洛阳。

当天，传单上被点了名的官员们如沈一贯、朱赓等立刻上疏自辩并请求免职。神宗这一次倒反应迅速，他下诏抚慰太子，对沈一贯等人的请辞全部驳回。同时，大内传出口谕，此事件定名为"妖书案"，敕令东厂锦衣卫五城兵马司等部门联合起来，全力侦破此案，且悬赏白银五千两征集线索。十八日夜，御史康丕扬在巡城时抓获了来自江苏吴江县的游方医生沈令誉，从他家中搜出了几封书信。其中有一封达观寄与沈令誉的信札，上面一句话让康丕扬如获至宝：太后本打算修建寺院积福，皇帝因为吝啬而不同意，这怎么能叫孝顺呢？

沈令誉是达观的俗家记名弟子，因悬壶问脉，经常出入于礼部右侍郎郭正域府中。而郭正域却是沈一贯同僚、内阁大学士沈鲤的门生。

有人像水蛭嗅到鲜血一样兴奋起来了。

随即，关于郭正域和沈鲤与"妖书案"有关的流言开始有鼻子有眼了。御史台那边迅速上奏。奏折上阴恻恻地说，内阁三人中，首辅沈一贯、次辅朱赓皆列名于"妖书"上，却为何没有排名第三的沈鲤呢？

虽然神宗不置可否，然而这句话却如同搅起了漫天大雾。迷雾中，有人窃喜、有人密议、有人暗自勾画……

事情的走向就此微妙起来。

迷雾中，诏狱中传出的拷打声、哀号声越发彻夜不绝。

待达观离世、"妖书案"突然不明不白地宣布结案，人们才得知，数年前，面色青黑的沈鲤入阁时，退而不休的前任首辅申时行曾暗地里递给沈一贯一封密信，纸上仅寥寥数语：蓝面贼来矣，备盾御之。

似乎城门失火殃及池鱼。然则，即使没有所谓"妖书"牵连，达观入狱也是迟早的事。

五

那时候，晚明佛教界已芜杂不堪了。

有个叫圆澄的和尚冷眼旁观，记下了当时佛禅丛林中许多令人哭笑不得的事情。一些僧人因为一点小事与师父不和，便"或造揭帖，或捏匿名，遍递乡绅檀越，诱彼不生敬信，破灭三宝"。他叹道："前辈师资之间，亲于父子。今为师徒者，一语呵及，则终身不近。"他看见一些新出家的僧人为自立门户不择手段："有屑屑之徒，不知大体所关。才出家来，苟图声誉，以为己任。急急于名利之场，或私创山居，或神庙家祠，男女共住；或典赁民居，漫不可稽。"

皇权统摄之下，社会既然是"金令司天、钱神卓地"，空门亦非桃源。流风所及，竟发展到有僧人当街乞讨，为一点衣食便拜人为父母。圆澄痛苦地说："今之流辈，毋论富贵贫贱，或妓女丐妇，或大士白衣，但有衣食可资，拜为父母。"还有一类僧人为得到供养，肚中本无学问，却不妨碍装模作样，充当首座："今之首座，不通一经，不认一字，师承无据。但有几家供养，办得几担米，设得几堂供，便请为之。"

明世宗嘉靖二十一年（1542）夏天，三十二岁的南京大报恩寺著名美和尚雪浪在无锡一带讲法，惹来了一大堆女粉丝。侍奉于雪浪左右的，是五六个美少年。他们穿着华丽，着红紫色内衣，举手投足像极了烟花柳巷中的女子。

一个皓月当空的夜晚，正当雪浪在女粉丝和美少年们的簇拥下，盘坐在莲花座上侃侃而谈时，离无锡不远的吴江县太湖边，一户沈姓人家里，年轻的主妇在梦中见到了一位相貌高古的老人。梦境如真似幻，朦胧中，老人左手持杖，右手递给妇人一个色泽润红的鲜桃，柄上犹自绿叶摇曳。片刻梦醒，妇人心口怦怦直跳，却唯见窗外明月在天，湖上波光粼粼。

第二年，妇人诞下一子，随父姓沈，名真可。

转眼间，真可长成了相貌魁伟的少年。他脾性火爆，即使在家里，和父母之间若一言不合，也"眦裂火迸"。不唯如此，他还每天饮酒、打拳、使枪弄棒，然而言语间每每又志向远大，远非乡间同类浪荡少年可比。果然，有一次这少年竟徒手生擒了前来村中偷窃的一名中年盗贼。众人闻讯赶来时，他站在村后的大树下，一手揪住盗贼头上的如草乱发，一手叉腰。月光照在少年身上，威风凛凛，宛如铁塔。

十七岁那年（嘉靖三十九年）三月二十三，一群倭寇登陆厦门鼓浪屿、金门一带，纵火屠城，尸横遍野，妇女投海者不计其数。消息传来，少年真可大怒，当即辞别家人，提刀前往福建投军。这一去，命运偏偏让他遭遇了一场大雨，让他心内一点佛念顿生，就此入了空门。

那正是江南的暮春时节。真可行至苏州时，天色向晚。一场大雨突如其来，将他堵在了阊门里。那时候的阊门附设瓮城，河街直通虎丘、枫桥，号称"红尘中一二等富贵风流之地"，店铺林立，货物繁盛。无数男女避雨于街旁店招下。雨从北来，众人发一声喊，都往南挤。雨势稍歇，四周呼儿唤娘。

人群中，虎丘山寺的明觉和尚一眼就看见了少年真可。四目相对，明觉趋身邀请少年和他一同回寺。

俗禅之间的门就此打开。当天晚上，明觉引少年在寮房歇息。虎丘山寺又名云岩寺，高低落错于虎丘山上。山小寺大，涧寒殿静。真可一觉醒来，忽听远远的屋宇深处有人低诵"八十八佛名"。诵曰："南无普光佛，南无普明佛，南无普净佛，南无多摩罗跋栴檀香佛，南无栴檀光佛……"

山野清寂。吟诵声一下又一下激荡进少年心中。他闭了眼，感觉内心天地悠悠……

投军的少年就此出家为僧。

落发之后，明觉赐他法号达观，是希望他此后敛了内心的火焰，做一个开口便笑的大肚僧。然而虎丘山上的青年僧人本自太湖边仗义的少年而来。根底里，佛前持戒的镜像对面依然是俗世中那个性如烈火的"杀猪屠狗之夫"。虎丘山寺中有僧人饮酒，小沙弥达观竟敢当众大喝：出家儿竟如此，可杀也！

声如洪钟，震得屋瓦嗡然作响。

少年说完，一脸怒容直入寺内深处，竟闭关读起书来。三年后，一个秋风吹拂虎丘的黄昏，他忽然破关而出，径直走到师父明觉面前，双手合十："吾当去行脚诸方，历参知识，究明大事也。"说完，他转身便走，身影很快拐过山脚，消失于师父的视线。此后多年，疲倦的明觉一直怅惘地注视着这个远行的徒弟，关于他的行踪、言行等不绝如缕从大江南北的丛林中传回，如撞木般激荡得寺内新铸的大钟嗡声不绝。钟声回荡在虎丘山上空，让明觉暗自惭愧。

明觉再一次见到自己的徒弟已是十三年后。那是一个温暖的春晚，已经还俗归家的明觉正在堂上熬制药膏，忽见田陌间浮出一盏灯笼，弯弯曲曲地来到他家门口。手持灯笼者说，河中船上有人生病，请先生前往把脉。明觉踏进船舱，只见一双精光湛然的朗目炯炯注视着自己。明觉浑身一凛。那目光忽然坠下泪来，一声长叹飘到他耳边："尔何迷至此耶？今且奈何？"

明觉不觉双手合十，落泪道："愿唯命是听。"

达观微微颔首，随即摊开大手，从昔日师尊头上缓缓抚过，然后手起刀落，将明觉养了数载的头发尽数剃去，说道："走吧。"明觉面朝家门拜了三拜，恭敬地盘坐到达观身旁。一船清风随即在江南的蛙声中汩汩远去……

这师徒间悲欣交集的一幕记载在达观年谱中。册页已又老又黄，漫漶的字迹间，师徒二人的重逢却熨得人心暖如玉。

六

雪继续在达观的年谱中纷纷扬扬，湿了四百多年前的北京。

最后的抉择即将到来。万历三十一年十二月十五深夜，两名锦衣卫打开木笼，除下锁在达观颈上的大枷，令他跪下听从判决。站在木笼中间的达观却一动不动。锦衣卫正欲动手，达观却转头对着一旁站立的王之桢淡淡一瞥，道："念罢。"然后仰起头，眼望雪花从空中不断掉落。

待王之桢面无表情地念完，达观长叹一声："世法如此，久住何为？"说完，大步走回囚室。

按王之桢背后那些忽隐忽现的面孔们的构想，死刑令一下，立刻将同监的沈令誉从囚室中拖出，杖毙在达观面前，以期顽石开口，定了沈鲤系"妖书"幕后主使的铁证。然而看着达观大踏步而去的背影，王之桢却忽然感到兴味索然。锦衣卫们征询地望向他，他却将手无力地一摆，疲倦地隐入了黑暗之中。

事实上，此时的达观已虚弱不堪。

退回囚室之后，他即跌坐在乱草之中。过道中孤灯如豆，映照得墙上的陛犴益发狰狞。达观大口大口地喘着气，感觉四周的一切都在离他远去。他觑开眼，周遭如梦似幻，恍惚中，往事竟一幕幕电光石火般浮现出来：

二十岁那年，自己辞别虎丘，独自行走在参访四方高僧的路上。道路崎岖难行，一天仅二十来里就脚底生疼，晚上在山野间燃起枯枝歇宿时，便捡来大石块紧紧抵住脚掌，然后在星空下瞑目入定。许多光阴远行了。不知为何，今晚，那星空下跃动的火焰仿佛又来到了眼前……

三十五岁那年，自己从嘉兴出发，历经万里迢迢，翻越千山万水，来到了西蜀青城凤栖山深处的凤林寺，在当地信徒的全力支持下，将那已荒废不堪的凤林寺修复一新。巍峨的大雄宝殿落成之日，为表达佛法有弘的兴奋之情，自己手持尖锥刺破左臂，待血落满碗，运笔蘸血，题写了一副柱联：

若不究心坐禅徒增业苦
如能护法谤佛犹益真修

　　四十岁那年，听说高僧憨山大师远在东海之滨，自己就与一群信徒前去寻访。可是，当走到山东胶州西部时，正赶上秋雨泛滥，洪水暴涨，横隔前路。大家一见，都说河水滔滔，无法渡涉，只好暂避一时。自己一把扯掉外衣，径直跳下河去……

　　朔风从过道中呜呜地灌进来，带领无处不在的冷使劲往骨缝里钻。陛犴头像下的那盏孤灯仿佛被一只大手捻住，即将熄灭。达观只觉眼前一片模糊，往事一幕幕接踵而来又在远方一幕幕渐渐黯淡下去。他闭了眼，觉得另一个轻盈的自己正从身体里脱离出来，即将飘入无悲无喜的上界……然而那肉身猛然打个冷战，一件未了之事又将他拉了回来——

　　四十五岁那年，自己在太湖边与了凡居士、陆光祖等人商议刻印《大藏经》，以待经成之日，广散僧众，以圆平生弘法的心愿。一晃十多年过去了，经卷尚未刻印完毕，自己却身陷囹圄，也不知远在江南嘉兴的刻印事宜进行得如何了……

　　一想到那尚未问世的经卷，达观内心就波涛汹涌起来：还在游方天下时，因愤于丛林乱象，慨于众生心盲，自己曾立下重誓，要重印象征着佛法最高典籍的《大藏经》，以使人们更普遍地接受佛法熏染，将慈悲种子广植人心。然而，那《大藏经》共约一万二千六百卷，浩繁如山。设若自己仍是自由之身，有生之年或许能见到经卷刻印完毕。如今这般处境，如何是好？

　　一阵又一阵焦灼感从脚底生发出来，笼罩在达观头上。他圆睁了眼，耳听着呜呜作响的风声，全身大汗淋漓……

一天一夜之后，万历三十一年十二月十六深夜，达观终于做出了抉择，与其苟且偷生，不如烈焰成灰。如果因了自己的往生而致《大藏经》的刻印半途而废，那也只得罢了。他长叹一口气，索来纸笔：

> 手致江南诸法属等，各各自宜坚持信心。老朽休矣，不得载见，特此为别。付与小道人持执示览。护持三宝，楞严径山刻藏事，可行则行，不可则止。癸卯年十二月十六日。

将刻经之事交代完毕，十七日凌晨，达观请狱卒打来一盆净水，就着昏暗的灯光，在囚室一角独自沐浴了枯瘦的身躯，然后将身下的乱草理成垫子，端坐上去，缓缓吟道：

> 一笑由来别有因，那知大块不容尘。
> 从兹收拾娘生足，铁橛花开不待春。

片刻之后，朔风怒吼，油灯惨淡，僧人西去。

七

2014 年 3 月，我追随着历史上那些《大藏经》的身影，行走到了嘉兴。正春雨潇潇时节。远远望去，新旧城区里花繁树茂的街道、楼房等掩映在一片烟雨朦胧之中。嘉兴自古水汽氤氤，境内长水塘、苏州塘、上海塘、海盐塘、平湖塘、北郊河、南郊河、京杭古运河等自然河流与人工渠道纵横交错，形成四水入城、四水出城的景观。当地人说，八水绕嘉兴。两千多年来，许多河流的浪花中流淌着人文遐思。如清代诗人查慎行曾在长水塘边惆怅徐行，如今这一条古河虽已不复旧时波光，然而晨光夕照中，他的诗句仍在历史深处翻涌不息：

> 两岸朦胧桃李花，一天风露属渔家。
> 小船卧听棹歌去，行到鸳湖月未斜。

那鸳湖又称西南湖，因环绕于嘉兴古城西南方向而得名。接纳了长水塘后，它一分为三，其中一支名为通济河。通济河往前涌动，在一座名叫醋坊的桥下再一分为二，一名锦带河，绕古嘉兴子城南、东、北三方；一名宝带河，为子城西护城河。两条护城河旋即合流，流经一座名叫天庄的桥后，得名倾脂河。

倾脂河边曾多树，多庙。树以花楸为盛。庙则首推楞严。春天里，沿河林立的花楸树上挂满飞雪般的白花，掩映得静穆的楞严寺益发殿宇庄严。

约康熙中季以后，每年除夕，嘉兴人都会扶老携幼到楞严寺中焚香积福，瞻仰三宝。这三宝，一为达观铜像、一为《嘉兴藏》、一为释迦牟尼铜像。达观像方面大耳，不怒自威；《嘉兴藏》卷帙浩繁，叹为观止；释迦牟尼像慈眉善目，重达六吨。

然而流光总喜欢伸出手来，轻轻一抹就幻变了历史的面目。如今，不唯波光潋滟的倾脂河早已不见踪影，那高达数丈的释迦牟尼铜像也在荒唐年代化为了铜水，而楞严寺的殿庑重檐则永远存在了老嘉兴人的记忆中。当地一个老人看我踟蹰街头，怅然若失的样子，很过意不去，特地陪我走了一段，一面走，一面用手指点着周围林立的高楼，嘴中喃喃说道，新中国成立初期，那楞严寺东围墙上还嵌有砖刻的"倾脂河"三字；60 年代初，河道被填，成了一条围城马路，随之，被占用为某机关办公场所的楞严寺也消失在了时代泛起的雾尘之中。然而达观还在，《嘉兴藏》还在。老人说，达观铜像在荒唐年代也差一点被毁，幸亏被人连夜抢到了一秘密所在，河清海晏之后，收藏在了嘉兴博物馆。而《嘉兴藏》于康熙十六年（1677 年）刻印完毕后，历经多年翻印、销售，一点慈悲种子也早已散布到了大江南北，千家万户。然则如逸云禅师所言，人间是否就此存了清正，人心是否就此驻了光明？

　　……

　　我祈愿逸云一百多年前的话如今纯属杞人忧天。脚下是楞严寺旧址，这是 2014 年暮春，我偏了头，使劲往历史深处张望，从江南一直望到西蜀凤栖山深处的凤林寺，那时间深处的烟雨蒙蒙里，分明晃动着一朵夺目的火焰。

春笋・绿筜・荼蘼酒

我所生活的成都平原多竹。

"宁可食无肉，不可居无竹。无肉令人瘦，无竹令人俗。"好像是气候使然，其实乃精神相投，自古以来，成都平原上的人们便喜欢栽竹。翻开唐诗，首先映入眼里的，是浣花溪畔草堂里一代诗圣吟咏春笋的诗句：

> 无数春笋满林生，柴门密掩断行人。
>
> 会须上番看成竹，客至从嗔不出迎。

那时春色旖旎，草堂四周风骨清奇的竹引来俗客蜂拥。杜甫连忙关闭柴扉，将自己清瘦的身影隐进竹林深处。然而令他没想到的是，无数春笋的身影就此从他的这两句诗里走了出来，向素有"锦官城"之称的成都纵深处进发。没多久，二江穿城、绿水千条的锦官城内，不管是小巷人家的房前屋后，还是朱门大户的粉墙青檐下，轻轻一瞥，到处都可以看见袅娜迎风的竹。

竹舞成都。三月里，夜雨过后，清晨的空气中常潜过来一缕缕竹叶清香；萧瑟风寒时节，竹则以顶风傲雪的姿态伫立于成都的各处桥头溪畔，其迎风亮节，潇洒挺拔，既清亮了城市的风貌，也爽朗着人的精神。唐朝诗人刘希夷在诗歌《蜀城怀古》中说：

蜀土绕水竹，吴天积风霜。

成都竹类繁多。举凡慈竹、斑竹、文竹、绵竹、刚竹、百家竹，或麻竹、紫竹、南竹、棕竹、琴丝竹……棵棵翠色清朗，簇簇画卷天成。

漫长岁月里，各种各样的竹子以其丰富和慷慨向生活在成都的人们默默地奉献着自己的身体，诚如苏轼所慨叹：食者竹笋，居者竹瓦，载者竹筏，炊者竹薪，衣者竹皮，书者竹纸，履者竹鞋……

当竹的肉身与人们的生活日益相融，这虚心挺拔的植物又成了人们精神上的知己：杜甫结茅竹里，放飞幽趣；薛涛移竹当窗，凝视大江……从食材到器物，由诗情入画卷，竹，在成都曾发生过那么多的趣事，引发过那么多的妙用……

春　笋

在辣椒到来之前，成都已是著名的美食之都。

那时候，也就是李白、杜甫以及后来的苏轼、陆游等悠游于成都平原之际，被后人称之为蓉派川菜的成都菜高档雅致，用料精细，口感温和，被公认为深具王者之风。她既讲究食材的产地与取用，更追求烹饪的精巧和细腻，典雅的菜名文采风流，悠长的回味历久弥香，与后来辣鲜刺激的自贡菜、粗犷豪迈的重庆菜等形成了鲜明对比。从那时起，蓉派川菜便在人们心目中有了一种意会言传的约定：她的倩影，乃是款款出没于公馆酒楼，高档宴席。后人曾有形象比喻：品自贡菜，如遇泼辣妹子，使人脸红心颤；尝重庆菜，须胃口放开，大碗，粗筷，似大脚汉子；而成都菜，则像深巷里邂逅旗袍紧裹的二八佳人，那袅袅婷婷，只一瞥，便惹你频频回首，味蕾无限情思……

常伴于这位二八佳人身旁，让人百吃不厌的，是从成都平原上一系列沁香入心的天然食材臻化而来的菜品：洁白如玉的石磨豆腐、润肺益气的野生白果、鲜嫩如芽的各种菜心……

而在唐朝时，常挂头牌的食材，则是竹的嫩芽——笋。

竹有南麻慈，笋分春夏冬。

南竹、麻竹和慈竹这三大成都原生竹类，除慈竹笋难以入口外，南麻二竹的笋子皆美味。春夏冬三季的笋里，春笋鲜，夏笋香，冬笋滋味悠长。

立春前后，成都多雨。飘飘洒洒的细雨如牛毛一般从空中无声地斜飞下来，将远山近村氤氲得烟雨朦胧。正如杜甫诗歌所言：

> 好雨知时节，当春乃发生。
> 随风潜入夜，润物细无声。

雨后，浣花溪畔的竹林里，无数春笋从肥黑的泥土里钻出来。放眼望去，洁白如玉的笋尖密密匝匝，让坐在草堂里的杜甫满心欢喜，顿时将"八月秋高风怒号，卷我屋上三重茅"的忧愤一扫而光。融融春阳中，杜甫情不自禁地站起来，对着窗外的景色深深凝视：成都如此养人，真想在此终老。那一刻，诗人忽然有些惋惜司马相如，既已生活在这天府乐土，有美食相伴，文君添香，正该琴声悠扬，田园愉悦，又何苦孜孜以求驷马高车？

春笋引起了杜甫无限感慨，也让李商隐和温庭筠赞叹不已。李商隐在山东看到价比黄金的春笋，联想起朝廷人事倾轧，叹道：

嫩箨香苞初出林，於陵论价重如金。
皇都陆海应无数，忍剪凌云一寸心。

比起哀怨的李商隐，恃才放旷、相貌粗犷被人称为"温钟馗"的温庭筠一到成都，立刻就以春笋为形象比喻环绕在成都周围的那一圈如黛峰峦：

蜀山攒黛留晴雪，簝笋蕨芽萦九折。

蜀山密聚，像竹笋那样密密地攒簇在一起，峰顶浮云缥缈。峨眉、青城的峰顶从云层中浮现出来，仿佛一簇簇的青黛色蕨芽，聚在成都周围，朝霞的光芒映衬着积雪的寒光，山势迤逦弯折，似九曲萦回。

把成都周边的青山比作竹笋真是形象而生动。这位"洋洋万言倚马可待"的"温八叉"在观察成都地形地貌时，确实眼光犀利，用语准确。因了天地造化，成都周边的确青山如笋。然而外粗内秀的温庭筠观察力极强，他的诗写意亦兼写实，成都人喜栽竹，不唯山形如此，那如笋的峰峦间也翠竹林立。风一吹，漫山遍野的竹林便随曲曲折折的山岭波动，起伏出翡翠般的波浪。也因此，每日清晨，常见乡下男女用桑木扁担挑了沾了晶莹露珠的各色蔬菜，在锦官城四门内外颤悠悠进出。

也有小贩轻摇桨橹，迎着霞光，从不知名的小河中出来，犁开锦江一河碧波，向岸上疏朗而立的吊脚楼人家或河湾里静泊的画舫长声吆吆地叫卖从农家手里贩来的新鲜菜蔬、时令水果。

一俟买主讨价，那悠长的声音顿时变得轻言细语。

各色菜蔬中，裹在嫩黄色笋衣里的春笋最让成都人惦记。由春入夏，由秋至冬，洁白的竹笋让锦官城数十万人家大快朵颐。

后人在谈到唐时成都的繁华时，发黄的册页间曾有记载：（蜀郡）有水井处四季笋香。

成都人喜食竹笋，无论老幼男女。舌尖上的成都笋，因了季节的转换，年龄性别的不同，随之生发出了许多花样吃法。

春天，是食笋的最佳时节。春笋笋体肥大、洁白如玉，被人们视为"山八珍"。远在秦岭那边的京城长安里，太宗李世民每逢春笋上市，便会召集群臣大品"笋宴"，酒到高处，他便举杯，朗声祈祝天下人才如"雨后春笋"般层出不穷，让大唐江山永固，盛世绵长。

比起庙堂之上太宗皇帝的"政治笋"，乐居西蜀一隅的成都人吃春笋，则家常得多，从容得多。人们把踏青、挖笋、品笋融入大自然中，充分享受春天的生机，发掘出唯有成都才能享有的盎然春趣。

成都秋冬阴冷。立春前后，正乍暖还寒时节。一夜春雨过后，云层中阳光约隐约现，城外的农户翻出农具，正思谋扳了春笋，进城卖个好价钱，城里的人们却已经等不及。趁吹面不寒杨柳风，人们扶老携幼，纷纷拥到浣花溪、武担山、武侯祠等处，浴春阳、赏春景，观春笋，顺便也挖一些带回家解馋。

　　春笋做法多样，荤素百搭，入口销魂。成都的春笋里，最可人的是立春后一周内出土的毛竹笋，其次麻竹，再次斑竹。毛竹即南竹，身材秀丽挺拔，翠叶经霜不凋，风韵卓雅端庄。淅淅沥沥的春雨里，人们戴着斗笠，从喧闹的大街拐进小巷，再走几步，就进入了幽静深邃的南竹林，弯下腰，轻轻一扳，只听"咔"的一声，鲜嫩的毛竹笋就从泥土表面应声而断。然后剥去笋衣，露出翠玉般的笋肉；然后用竹刀将其断头去尾，芽孢般的笋尖可炒，可烧；醇厚的根部可煨，可炖；做法最妙，滋味最长，也最素朴的，是将丰腴的中段细细地切成小块，放入白水中清煮。

　　水是从许多幽深的水井里提上来的。离河边较近的街巷，则由官府指派的工人踩着水车，一圈一圈旋转上来，再沿着弯弯曲曲的竹笕蜿蜒进千家万户。竹笕皆用城外的老毛竹制成。新笋从土中探出头，数场春雨，几番阳光，两个月后即由笋成竹；再经三个冬天，便可以用来造纸；又经两载春风，已然粗壮年老。人们将这种六年龄的大毛竹从竹林中砍倒、剔去枝丫，然后拖到阳光下剖成两半，用锋利的板凿打通竹节，连接到水车边，便成了输送潺潺流水的水管。竹笕攀爬在人家的墙上，入窗进户，有时竟长达数里，穿街过巷，弯弯曲曲，蔚为壮观。

　　不知为何，那时的成都人用白水煮春笋有个不成文的规矩，灶下的人须用去年剥下来的笋衣煮今年的新笋。如用其他柴火，据说那沸水焚身的新笋会因心生怨恨而走味。被阳光晒透的笋衣火势熊熊，顷刻间，水便"咕嘟咕嘟"沸起泥鳅眼，灶上的人揭开用慈竹笋衣缀连而成的锅盖，抓一撮白盐丢入水中。

　　片刻之后，满屋清香缭绕。

　　寓居成都的日子，每当春寒料峭，杜甫家里就会这样静静地在黄昏煮起一锅白水春笋。笋香缭绕在诗人身旁。窗外，是即将盛大登场的阳春三月。那时，从草堂通往邻居黄四娘家的小路上，又将迎来一年一度的鲜花满径，娇莺轻啼。

绿 笋

山川早水喜爱摄影。作为明治时期的日本学者，他自幼便在家长的带领下诵读中华典籍，稍长，在杜甫、白居易的诗歌中找到了一种心绪上的共鸣。他一直渴望能深入中国腹地，特别是白居易曾经走过的忠县，杜甫居住过的草堂、吟咏过的武侯祠和万里桥等巴蜀文化地标一游，以慰仰慕之情。为此，他反复阅读陆游的《入蜀记》、范成大的《吴船录》，想象着有一天自己也能进夔门，览三峡，游蜀都。"朝辞白帝彩云间，轻舟已过万重山"，不同的是，李白是辞别四川，而山川早水这个日本人内心的轻舟，却是朝向千岭万壑之外的锦城。

他心里暗暗揣了一个念头：如有朝一日来到成都，当像陆游那样作一本书，记沿途风土人情；摄百幅影，为山川物产留影作证。

1905 年初，山川早水终于梦想成真，四川高等学堂聘他为日文教习。他立即兴冲冲地启程。2 月 18 日，他由神户登船，十三天后，抵达湖北宜昌，开始了自己从宜昌由水路至万县、由万县走陆路到成都的入蜀之旅。

在成都停留的一年零两个月时间内，山川早水游览了皇城、草堂、大慈寺、文翁石室、万里桥、驷马桥等，在后来出版的《巴蜀一书中，他收录了自己在四川拍摄的一百五十多幅照片，其中有一幅照片为我们留下了都江堰安澜索桥在历史深处的身影——

那是一幅黑白照片。

照片上，远处青山隐隐，黝黑的桥身苍龙般起伏在大江之上。江水浩荡，江风怒号，似乎一股源自远古的力量正从画面上呼啸出来，即将冲垮这座颤巍巍的竹木索桥。数根圆木却从江面上立起来，惊险万状而又坚如磐石地支撑着伫立在江心的桥亭。

一河惊涛向东去，笮桥悠悠渡客来。

个人意愿与时代机缘的契合，让山川早水为一百多年后的我们留下了成都地区以竹为原料，在大江大河之上建索桥的历史影像。那老照片上安澜索桥的风貌，与范成大在《吴船录》的描述几乎一致，见证了漫长的农业时代里，蜀地先民在桥梁建筑技术上的早熟——

将至青城，再过绳桥，每桥长百二十丈，分为五架。桥之广，十二绳排连之。上布竹笆，攒立大木数十于江沙中，辇石固其根。每数十木作一架，挂桥于半空……

以竹建桥，须剖竹为索，然后方能贯通为桥。竹索，在古汉语中有一个专用字，叫笮。由于处处青山隐隐，茂林修竹，成都地区就此取材，修建笮桥的历史由来已久。早在秦时，李冰便曾在今成都城西南方向建成了一座笮桥，取名"夷里桥"，极大地方便了河两岸人民的生活。

翻开桥梁史，笮桥最显著的特点就是用竹索相拼悬吊而成，河两岸各设系竹索的立柱和绞动竹索的转柱，然后在横渡河面的竹索上铺上木板，没有木板，就用简陋的竹笆代替。在这样的桥上行走，天上白云晃荡，脚下水寒生风，每每让人胆战心惊，就像范成大所描写的那样：

> 大风过之，掀举幡然，大略如渔人晒网、染家晾彩帛之
> 状。又须舍舆疾步，从容则震掉不可立，同行皆失色。

于是，为了缓解人的紧张情绪，有的笮桥就在两侧添加几根
竹索作为扶栏。从李冰绵延到唐代，成都的笮桥修建已经积累了
丰富的经验，从材料的取用到地形的勘测、从修桥的进度到桥身
的稳固，都有了显著提升，极大地便利了河流纵横的成都及其周
边。比如杜甫在成都附近温江金马河上看到的那一座笮桥：

> 伐竹为桥结构同，褰裳不涉往来通。
> 天寒白鹤归华表，日落青龙见水中。
> 顾我老非题柱客，如君才是济川功。
> 合观却笑千年事，驱石何时到海东。

诗作原题：陪李七司马皂江上观造竹桥，即日成，往来之人
免冬寒入水，聊题短作，简李公二首合观（观一作欢）。

金马河上的这座笮桥进度迅速，从开工到桥成，仅用了三天。
桥身气势不凡，犹如青龙从水中昂起身子，让两岸的人往返自如，
令心系民生的杜甫欣喜不已。皂江即是金马河。温江的史料上记
载说，唐肃宗上元二年（唐朝有两个上元年号，一在高宗朝，一
在肃宗时期），公元 760 年冬，杜甫应蜀州（今四川崇州）刺史
高适的邀请前去"采风"，行到温江时，恰逢李司马率人在金马
河上修建笮桥。杜甫便兴致勃勃地观看了修桥过程。那金马河是

岷江外江正流，民国十年版的《温江县志·卷二·地理志》说：
金马江即大江正流，亦曰岷江，亦曰皂江。皂，指江水色泽深黑。
可以想见，那一派深黑色的大水莽莽苍苍地横亘在温江和崇州之
间，波翻浪涌，隔绝交通，该是何等骇人的气势！

金马河筜桥的修建可谓功莫大焉。

也因此，这座筜桥的贯通让杜甫诗兴大发，他又写了两首诗，
一首送给建桥有功的李司马，一首赠予金马河对岸的老友高适。
给李司马的诗名《观竹桥成，月夜舟中有述，还呈李司马》，形
象地描绘了金马河月夜的风景：

把烛桥成夜，回舟客坐时。
天高云去尽，江迥月来迟。

不论是安澜索桥还是金马河筜桥的修建，其所采用的原料主
要有两种，一是刚健的南竹，一是坚韧的慈竹。南竹刚健，三年
期的可以用来造纸，五六年左右的已粗壮如婴儿手臂，用作筜桥
的骨架正适合。骨架一起，筜桥已凛然有了飞架南北之气势，然
而还需要既柔且韧的竹索以作血肉，方能天堑变通途。

1972年，茅以升在参观了安澜索桥之后，兴奋地将它与广
东的广济桥、福建的洛阳桥、江苏的宝带桥及陕西的灞桥并列为
中国五大古桥，并从桥梁专家的角度详细解读了它那匠心独具的
构建：

这座桥，以竹为缆，以木为桩，都是就地取材。与都江
堰的水利工程相似，用竹笼装石，筑成堤堰，用竹木绑成三

脚架的"杩槎"，放在水边，堆上黏土，成为临时挡水坝，费省效宏，简单易行。

编织竹索的最佳材料是慈竹。奇妙的是，慈竹的竹笋难以入口，但其笋衣却可以用来缝制锅盖、制布鞋底子。修建笮桥，一般是选用生长三年左右的慈竹，这个年龄的慈竹在阳光雨露的滋润下，已高约二三丈，挺拔秀丽，顶端细长，有风吹来，细长的竹梢便像鱼线一般弯曲下来（慈竹的竹梢是用作鱼竿的最佳材料），正如青春勃发的青年，筋脉坚韧，身骨柔软。其节长，质细，性糙，富有弹性，不易折断，正如它名字"慈"所蕴含的含义一样，所编织而成的竹索既有力度又富含弹性，经久耐用。

编织竹索的日子里，成都近郊的乡村里经常可以看到这样的景象：在竹林深处咕咕啼叫的斑鸠声中，乡村男女们手舞弯刀，将竹子剖开，变成篾片，然后又将篾片变成薄薄的篾条，数十根篾条拧结起来，就成了既粗且柔的竹索，然后将竹索浸入村头的小溪里，一夜过后，捞出来摊在阳光下暴晒……一般来说，砍竹、划篾这样的活路，都是由男人动手，女人们则充分舒展巧手，将那一条条精细的篾条编织成索。

那时候，翻飞的篾条与缭绕的炊烟一起，宁静着锦官城外无数村落。这人与自然和谐相处的景象，令人情不自禁地想起王勃的《慈竹赋》：

> 有竹猗猗，生于高陂。左连瑶带，右杂琼枝。恨幽客之方赏，嗟君侯之不知。徒蔚丹谷，迁荣绿池。气凛凛而犹在，色苍苍而未离。屈岩壑之容貌，充阶庭之羽仪。尔其画地分

域，骈阴抗趾，叠干龙回，攒根凤峙。防碧露于霄末，翳红光于夕始。崇柯振而烟霭生，繁叶动而风飙起。拥凉砌之晨肃，屏炎扃之昼浑。至若白藏载谢，元英肇切，塞北河坚，江南地裂。观众茂之咸悴，验贞辉之独洁；抽劲绿以垂霜，总严青而负雪。盖同类之常禀，非殊方之异节。若乃宗生族茂，天长地久。万柢争盘，千株竞纠。如母子之钩带，似闺门之悌友。恐孤秀而成危，每群居而自守……

这是王勃旅居成都时看到的慈竹。他说：

广汉山谷，有竹名慈。生必向内，示不离本。修茎巨叶，攒根沓柢。丛之大者，或至百千株焉，而萦结逾乎咫步……

值得一提的是，用三年生慈竹编织而成的竹索桥挺立在江河之上，在相当长的时间内，经风历雨也依然柔软坚韧，色泽青幽。所以杜甫会将金马河上那一座筝桥的矫健之姿态比喻为青龙出水。

荼蘼酒

1173 年，南宋孝宗乾道九年，诗人陆游被任命为蜀州通判，相当于副州官。不久，他被调到嘉州（今四川乐山），当年年底又回到了蜀州，住进了曾经晃动过高适背影的官署园林罨画池。

　　这一年，陆游已到知天命之年，内心满腹忧愤，苦苦思念着沦入敌人之手的北方半壁河山，终日郁郁寡欢。蜀州大街小巷里那满街扑鼻的酒香，很快就让这颗迷惘的诗心从满腹愁闷之中解脱了出来。

　　这酒香里，有蜀州当地出产的米酒，更多的，则是来自郫县的郫筒酒。

　　蜀州轶事，相传唐宋时期，每逢谷雨前后，郫筒酒从金马河那边过来，本地经营米酒的酒商便雇人推了鸡公车，车上放置一大酒瓮，瓮口覆以沙袋，袋上插一面小彩旗，上书"蜀州春酿"四个字。满载着本地米酒的一串鸡公车"嘎吱嘎吱"地行走在州城的街道上，彩旗随风飘扬，满城都荡溢着酒香——然而当经营郫筒酒的商户"哗"地从竹筒中倾倒出那一筒春酿时，本地米酒的味香顿时就淡了，远了，模糊了……

　　清清冽冽的郫筒春酿香味如水银泻地般漫溢进蜀州城的大街小巷，一个劲儿地往人们的鼻孔里钻。

　　陆游好饮酒，亦善饮酒。公元 1176 年春，他应友人之邀，在成都饮酒，三杯过后，面对着窗外花红柳绿，竹影曳地的景致，即兴吟出了《对酒》一诗：

　　　　闲愁如飞雪，入酒即消融。
　　　　好花如故人，一笑杯自空。

　　在郫筒酒进入陆游的酒杯之前，他爱饮的，是蜀州本地的米酒。这米酒的质地亦自不俗，其渊源来自发源于青城山下流经街子古镇的味江。味江水色清冽，水质甘美。清代四川学者刘元在

《槐轩杂著》中写道："西北有味江，泉洌而甘，明藩以之酿酒。"

蜀州米酒让陆游如饮甘泉，郫筒春酿却让他如痴如狂。当郫筒酒香席卷蜀州上空时，他大呼小叫，一杯刚尽又倾进一杯，哪怕典当了衣服也要一醉方休："未死旧游如可继，典衣犹拟醉郫筒……"

岂止是陆游，在漫长的时间里，郫筒酒曾迷醉过一代又一代文豪。苏东坡说："所恨巴山君未见，他年携手醉郫筒。"公元762年（唐代宗宝应元年）7月，徐知道占据成都叛乱，杜甫被迫离开草堂，到梓州、阆州避难。公元764年，严武重新镇蜀，邀请杜甫重返成都。在回成都的路上，杜甫难掩喜悦之情，迫不及待地思念起成都的美食来：

> 得归茅屋赴成都，直为文翁再剖符。
> 但使闾阎还揖让，敢论松竹久荒芜。
> 鱼知丙穴由来美，酒忆郫筒不用酤。
> 五马旧曾谙小径，几回书札待潜夫。

陆游之后，另一个为郫筒酒独特的滋味所倾倒的文士，是袁枚。在《随园食单》里，这位江南才子说："郫筒酒，清洌彻底，饮之如梨汁蔗浆，不知其为酒也。"

袁枚其实酒量有限，比起饮酒来，他更爱戏剧、美食、美人和筑造园林，然而郫筒酒却让他多次畅饮："余七饮郫筒，惟杨笠湖刺史木箄上所带为佳。"

郫筒酒缘何有如此魅力？

这要从它独特的包装说起。唐人张周封著《华阳风俗录》，详细记载了郫筒酒与成都竹子的关系：

> 郫县有郫筒池，池旁有大竹，郫人剖其节，倾春酿于筒，苞以藕丝，蔽以蕉叶，信宿香达于林外，然后断之以献，俗号郫筒酒。

由此可知，郫筒的"筒"，正是盛酒的器具，这器具充满了浓郁的成都风味——蜀人伐竹，物尽其用。

先民们是如此善于从大自然中采撷。成都的竹子，可以用来建筜桥，做水车，连缀而成竹筏，编织以为锅盖、箱笼的器具，也可以用来盛下那令人心醉神迷的玉液琼浆，让人们得以能在艰辛的世间找到与自己相伴的一方天地，慰藉心灵，安顿灵魂，释放出生命的激情。

说郫筒酒是玉液琼浆，不仅仅指它那被水的形状所包裹的火焰灵魂，也指那筒之美：郫人截大竹，二尺以上，留一节为底，刻其外为花纹，或朱或黑或不漆，用以盛酒。

从慈竹、麻竹、南竹等竹子的身姿、竹节等特点来分析，当年郫人所截的大竹，当属挺拔修长、竹节优美的南竹无疑。郫县本为古蜀国都城，境内河道纵横，翠竹如海。河道纵横，成就了郫筒酒可以在水质上精心挑选；翠竹如海，多的是那矫健如龙、品格刚健的南竹，正可以尽情把天下的美酒装入腹中，以时光为酒池，用巧手夺天工，酿得春酿醉天下。

可以想象，当一个盛满美酒，刻了花纹，涂着红、黑二色，身段修长，散发着天然竹香的南竹酒杯突然端到面前时，人们内心的激情该是如何地渴望借着酒香奔涌而出：

　　老子不堪尘世劳，且当痛饮读离骚。

　　此身幸已免虎口，有手但能持蟹螯。

　　一千多年过去后，那奔涌在时光另一头的唐代成都生活方式依然如此诱人。人生苦短，面对南竹筒倾情盛装的郫筒酒，就应该像杜甫那样独对琴台暮云，笑看人间酒肆，"浅把涓涓酒，深凭送此生"；就应该像陆游这样，一手端着酒杯，一手持着蟹螯，朗声高诵《离骚》：一饮五百年，一醉三千秋！

　　美酒成都堪送老，当垆仍是卓文君。

　　迷醉了唐宋两朝六百多年时光的郫筒酒是如此弥香，然而至今也没有人完全弄明白这酒是如何酿制，是谁酿制。

　　《成都古今记》和《益部谈资》说郫筒酒是竹林七贤之一的山涛在郫县当县令时，剖开大竹，酿荼蘼而成。明代曹学佺《蜀中广记》引唐代古《郫志》云：相传山涛为郫令，用筼管酴醾酿作酒，兼旬方开，香闻百步。

　　其实，翻开《晋书・山涛传》，山涛根本没有在郫县任过职。所谓山涛创建郫筒酒的说法显然只是人们因了对竹林七贤生活方式的向往而产生的一个美丽的误会。然而唐时郫县人用荼蘼酿酒却是真实存在的事情。北魏贾思勰在《齐民要术》记载了"蜀人作酴酒法"；宋代朱翼中的《北山酒经》也有"荼蘼曲"及荼蘼酒的制法。

　　荼蘼是何物？

　　荼蘼，即荼蘼，俗名佛见笑，蔷薇科，春天最晚的一种花。佛教典籍中将它与彼岸花并列为伤感别离之花，说它是天上开的花。其花大朵千瓣，色白而香，身姿柔软。当它开花时，意味着整个春天的花事也就结束了。所谓荼蘼不争春，寂寞开最晚。宋人王琪有诗云：

> 一丛梅粉褪残妆，涂抹新红上海棠。
> 开到荼蘼花事了，丝丝天棘出莓墙。

当寂寞的荼蘼开完夏天最后一朵白花之后，它的果实也就渐渐在秋风中变得通红，正好可以用来酿酒。

饮荼蘼所酿出来的酒，在唐代，是一件既时尚又体面的事情。唐人武平一在《景龙文馆记》中记载说："唐制，召侍臣、学士食樱桃，饮荼蘼酒。"

到了宋代，这件事情又在唐代风尚的基础上添加了独特的宋韵。那时候，在翰林院学士范镇做东的酒会上，经常可以见到这一幕：正晚春时节，几十个人围坐在他家门前高大的荼蘼花架下。风一吹，荼蘼的片片落瓣像雪花一样飘落下来，落进酒香盈盈的杯中、人的衣服上，桌子上。作为宋仁宗宝元元年的第一名进士，范镇制定了一个规矩，荼蘼的落花掉在谁的酒杯里，谁就得把杯中酒一口喝干⋯⋯

范镇得意地将自己在酒会上的这一创举命名为"飞英会"。每每见人"浮一大白"，成都人范镇嘴角便露出一种幸福的微笑。

是否可以猜想，范镇的"飞英会"正满足了他对家乡那由荼蘼酿制的郫筒酒的思念之情？

许多年后，人们在清嘉庆乙丑年（1805）的《成都竹枝词》里还这样传唱：

郫筒高烟郫筒酒，保宁酽醋保宁绸。

郫筒酒的酿法已然失传。如今，郫县境内无数翠绿的南竹依旧年年摇曳，但那独特的酒香，以及从酒香里生发出来的范镇们的风雅早已成了历史的绝响。

附录

答《北方文学》问

《北方文学》梁帅（以下简称梁）：杨虎兄您好，欢迎您作客北方文学的《对话记》，我们当年一别，也有几年没有见到了，近来看见兄长大作频发，很是高兴，不知道近期有何新作，介绍一下吧？

杨虎（以下简称杨）：梁帅兄您好。非常感谢《北方文学》对我的厚爱。在我心目中，这本刊物厚重、大气，当代许多著名作家如迟子建等都曾在上面发表过很多脍炙人口的名篇佳作，充分呈现了贵刊所主张的作品特色，体现了贵刊的办刊水平。

说来惭愧，自 2013 年夏鲁院一别以来，我就陷入了写作的苦闷之中——未动笔之前，心中似有千言万语如鲠在喉不吐不快，然而一打开电脑，面对空荡荡的屏幕，勉强敲下几个字后，突然却产生了失语的感觉。很多个夜晚，我为此焦虑，为此辗转难眠，甚至怀疑自己是不是文学创作这块料。

也就是在那时，我对"作家其实就是越写越困难的人"这句话有了一种更深刻的领悟：这或许是许多像我这样的普通写作者在写作了一段时间、发表和出版了一批作品之后，必然要面对、要进入、然后去跨越的那一种"必然之境"。这"境"既是困境，然而当跨越过去后，就又抵达了文学的一种"悠然之境"，这时候的"境"，就是一种崭新的境界之境了。所谓"如鱼饮水冷暖自知"。

想通这一点之后，我突然感觉自己变得轻松起来：每天该干啥就干啥，不再去想某篇作品要怎么谋篇布局啊、要怎么从第一句话就电闪雷鸣、揪住人心啊。我一遍遍对自己说，静一点，再静一点……

因此，这几年我既写得少、也写得慢，相反却用了大量的时间去读书，而且读得既杂又专。所谓杂，是指从钓鱼、饮酒、房屋营造、种花、养鸟等生活情趣之类直到民族融合、军阀混战、改朝换代等历史风云的书都读；所谓专，是我有意识地搜罗了一批地方典籍如县志、乡志、村志乃至一些家谱，还有一些民俗志等；与此同时，我还特地做了两件事。

第一件事是，在 2015 年 7 月，冒着酷暑，一个人骑车去丈量了我家乡最大的一条河流。这一次行走是从那条河位于龙门山深处的源头开始的，整整花去了二十多天。那时候，我每天一早出发，顺河而下，走到哪里天黑就歇在附近的村子里，和村里的老人们闲坐、抽烟、喝茶、摆龙门阵。印象最深的是，老人们每每讲述完当地的掌故后，那自得其乐的神情总撩得我心里痒酥酥的——那曾搁在时光另一头的生活是如此朴质、恬淡，物欲简单而心灵易乐，常常让我无端生出几分惆怅……

第二件事是，我花了一个多月时间，拜访了一批生长在我家乡山野村落、田间地头、房前屋后的古树。这些树有一千多年前栽下的银杏、楠木；有无人栽种却突然从地里冒出芽孢、继而打败风霜雨雪长得五六个人才能合抱的檬子树；还有古码头边、吊脚楼下的老皂角树；等等。每一棵树都让我感觉到了一种血液的脉动。

当读了、做了这些以后，我突然发现，自己打量生活的目光和从前不一样了——变得更加理解今天的现实种种、更加理解周围的人与事、更加理解我所生活的那一片土地……

这样，经过一段时间之后，我于 2014 年年底出版了中短篇小说集《晚唱》，里面收集了共约十六篇小说，既有旧作、也有那段潜心读书期间缓慢写就的几篇新作。书出版后，《文艺报》刊发了书讯。此外，还相继在《朔方》《天津文学》《边疆文学》《厦门文学》《青年作家》等发表了一批散文和小说。

梁：我看您小说写得比较多，您是什么时候开始小说创作的？为什么要写小说呢？

杨：我是先写诗，不成，又写散文，也不成（虽然一些篇章被《散文选刊》选载过，还入了年选、被采用为国内许多省市的高中语文试题），然而始终影响不大。后来索性各种文体都想摸一摸，想确定自己在气质、禀赋上更适合哪种体裁，这样就慢慢转到了小说上。

开始是一些不成熟的练笔，然后大约从 2007 年左右在我省的《四川文学》上发表第一个短篇开始，已经拥挤不堪的小说创作道路上，就又多了一名艰辛的摸索者。此后，我相继在《中国作家》等刊物上发表了一批小说。到目前为止，先后出版了一部长篇小说和一部中短篇小说集，虽然没有什么影响，但我可以这样对自己说，我是一直在寻找自己的题材，也在苦苦寻找"属于自己的句子"，希望有一天能有一句具有独特叙述语气的句子来到我笔下，将我心中那一片如湖泊般凝仁着的各色人物、各种命运激发为一条斑斓声色、浪花飞溅的河流。

至于说为什么要写小说，我想，这可能是因为小说承载着的是泥沙俱下的生活。作为写作者，我喜欢从泥沙中导引出一条河，然而静观其滔滔而下，两岸风光无限。

梁：从你的一些作品看，你对小说是有着独特的理解的，甚至有些新的探索。谈谈你的小说观念吧。

杨：当我创作的时候，我觉得充实、似有很多的话要说，然而一说到观念，我觉得写作这件事突然变得有些索然无味了。

我想，如果硬要说什么观念的话，还不如从我喜欢的几个小说的开头一句说起。

第一个开头："我们正在上课，校长进来了，后面跟着一个没有穿学生装的新学生，还有一个小校工，却端着一张大书桌。"

第二个开头：西门庆热结十弟兄 武二郎冷遇亲哥嫂（在这里，请原谅我把第二个中的回目说成开头，因为这是按照阅读习惯来的。我们在阅读《金瓶梅》这样的中国传统小说时，第一句是从回目开始的）。

从这两个开头里，我想我对小说有了自己的一些理解：在《包法利夫人》里，福楼拜的视觉是从内向外探视的，犹如我们闲聊邻居的故事，语气淡然得犹如我们生活中一个平平常常的早晨——人物从作家笔下苏醒过来——生活开始了。然而，所谓包法利夫人就是我，此后的轰雷炸响、闪电惊心，皆因了这最初投向主人公那孤独身影的内在的、缓缓的、忧悒的一瞥。

而兰陵笑笑生是大悲的、大怒的、大愤的、大痛的，也是大

热的——因了大期望，故有大失望……他饱览红尘滚滚、触目男
男女女，那挣扎在欲望与灵魂之间、煎熬在天堂与地狱之中极致
的种种——乃真是天地不仁、万物刍狗。洪荒八极之后，一切由
外入内，在他笔下喷发出来，借世态百相，转为仰天一叹、绝世
一哭！

梁： 法国的文艺理论家丹纳《艺术哲学》中有过这样的观点：
作家的写作受到地域文明的影响。你是南方的作家，你觉得南北
方的作家作品的整体的气质有何区别？

杨： 这个问题我想用不着我饶舌，因为当代有着许多优秀作
家的作品已经说明了这截然的不同之处。最为鲜明的，当数黄土
般厚重、山岳般巍然的《白鹿原》与轻灵如刀的《活着》这两部
作品吧。

除了这两部作品，有两个作家我觉得也可以作为南北作家在
作品整体气质上比对的一例。那就是陕北的路遥与陕南的贾平
凹。虽说两地在行政上同隶属于陕西省，然而隔了八百里关中秦
川，黄土高原上的信天游与秦岭山中的山歌却有着截然不同的唱
法。路遥的作品如黄土夯成的拳头，每一下都敲打在你心上，那
从生活中扑面而来的苦难与咬着牙关与苦难搏斗的汉子让你心潮
澎湃，感觉天高地阔，人生庄严；贾平凹的作品则如山溪宛转，
却奇峰峭岭，中间又杂花生树，锦绣缀织。

梁： 不知道你是否有农村生活的背景，你也知道，我们一些
作家后来都到城市生活了，然后去回望农村，我们站在城市里，

写的是记忆中的农村。农村生活的主题长期以来是我们书写的主要背景，在城市化进程中，很多人提出了城市写作，我不知道你是否赞成城市写作，或者，我们的城市写作是否真的出现过？

杨：乡土文学，或者说，以乡村、乡土、农人为背景的小说在中国文学的版图中占着极大的部分，也呈现出了许许多多优秀的作品。这些作品从各自的水土上生长出来，摇曳着繁花般的景致。如沈从文、孙犁、汪曾祺的作品，至今读来就觉得四周氤氲了浓浓的中国韵味。不知道别人感觉怎么样，我每次读这些作品、特别是汪曾祺笔下那青山隐隐水迢迢的江南风物，内心就特别感动。觉得我们的中国真美。我们中国人真的是人生庄严。

这是为什么呢？我想大约是因为我们的历史、文化、民族的心理都来源于此，所谓根不离土。

然而也不得不应该认真地看到，在当下关于农村的一些作品中出现了一种现象，那就是真实的农村、农人（尤其是农村青年男女）并没有被作家的心灵感知。很多作家与当下的农村是油与水的关系。今天的中国农村，正在发生翻天覆地的变化，从物质生活方式到心灵深处的疾痛都和以前完全不一样了。城乡之间，是如此丰富地交织在一起，呈现着此前从未有过的景观：田园牧歌早已消失，人心在嬗变的涅槃之中。每一颗在城乡之间游离的灵魂才是最真实的世态。

在从农业社会转向工业社会的过程中，如何写出具有时代特色的乡土小说，其实考验着我们的许多写作者。

这将是一个长久的，而且需要作家们必须认真回答的难题。

至于城市写作，我认为还没有真正出现过。不信，你到春节时瞧瞧，很多大城市里要么突然少了许多平日里西装革履、貌美如花的男男女女（因为他们都回乡下老家了），要么突然多了一些打着乡谈、东张西望的乡下人（他们到城里走亲戚来了）。或者说，在今天的中国，作为一个有责任感的作家，既要了解城市，也要了解农村。而要理解城市，首先要理解农村；要认清农村，必须要弄清城市。从这一点来说，我认为城乡之间的时空交叉点仍然大有文章可做。

梁：小说中的时间处理，是很多有探索品质的作家经常会涉及的话题，打破线性的叙述，让小说的形式在时间问题上得到拓展，你对小说中的时间处理有什么心得？

杨：按照传统的处理：短篇小说从中间开始说起，然后瞻前顾后；中篇小说从人物关系开始，让每个人物在时间的某一个瞬间交会；长篇小说则从年、月、日中诞生出一个坐标，然后让人物交给各自的命运。当时间决定结束讲述，一切山高月小水落石出。

后来，时间在许多经典作家们的手中变成了魔术棒。无论是卡夫卡的"那天早晨"，还是罗伯·格里耶那一双注定无法逃脱的时间之手，作家们对时间的处理已别成一景。

在这一片纷致的景观中，我认为目前为止最好的还是福克纳的《喧哗与骚动》。在这部作品里，时间为人物而生、围绕人物而变幻，从而具有了情绪的味道，被赋予了命运的色彩，从而呈现出仅属于福克纳一个人的、多彩多姿的叙述景观。

至于我自己，我想，能掌握如何掌控时间这一伟大而神奇的魔术，还得老老实实地从线性时间开始，让故事自己开始讲述，时间会自己调整出场顺序的。很多时候，作者其实掌控不了自己笔下的作品，一旦人物开口说话，一旦人物自己开始决定自己的命运，时间就在暗夜之中，被命定之手牵着走了。

而作家自己，就"听钟由命"吧！

梁：马原老早就说过小说已死，你觉得小说死了吗？

杨：很奇怪的一点是，关于小说已死，或将死的提法，基本上都是从作家们的嘴里蹦跶出来的。相反，我从没有听到过一个读者说过小说要死、小说会死的话。读者们说得最多的是：这部小说好看，或者，这部小说难看得很。

小说怎么会死去呢？因为生活一直渴望模仿小说。

梁：知道你的阅读非常广泛，在你的阅读长河中，什么作品影响了你的写作？

杨：很多作品都对我产生过影响，有的大、有的小，有的世界知名，有的至今仍只能流传于里巷之中。要说印象最深的话，我想首先得推《静静的顿河》，开篇第一段就让我明白了什么叫小说：

　　麦列霍夫家的院子在村子的尽头。牲口圈的两扇小门朝着北面的顿河。在长满青苔的灰绿色白垩巨石之间有一条八沙绳长的坡道，下去就是河岸：遍地是珠母贝壳，河边被水浪冲击的鹅卵石形成了一条灰色的曲岸。再过去，就是微风吹皱的青光粼粼的顿河急流。东面，在用红柳树编成的场院篱笆外面，是黑特曼大道，一丛丛的白艾，马蹄践踏过的、生命力顽强的褐色车前草；岔道口上有一座小教堂；教堂后面，是飘忽的蜃气笼罩着的草原。南面，是白垩的山脊。西面，是一条穿过广场、直通到河边草地去的街道。

——是的，小说不是从半空中落下来的，而是从地上河流般、青草般生长起来的。

然后，就是汪曾祺不太被人们提起的一篇短短的小说《岁寒三友》。在这里，我愿意把我最喜欢的片段再回味一遍：

岁暮天寒，彤云酿雪，陶虎臣无路可走，他到阴城去上吊。

他没有死成。他刚把腰带拴在一棵树上，把头伸进去，一个人拦腰把他抱住，一刀砍断了腰带。这人是住在财神庙的那个侉子。

靳彝甫回来了。他一到家，听说陶虎臣的事，连脸都没洗，拔脚就往陶家去。陶虎臣躺在一领破芦席上，拥着一条破棉絮。靳彝甫掏出五块钱来，说："虎臣，我才回来，带的钱不多，你等我一天！"

跟脚，他又奔王瘦吾家。瘦吾也是家徒四壁了。他正在对着空屋发呆。靳彝甫也掏出五块钱，说："瘦吾，你等我一天！"

第三天，靳彝甫约王瘦吾、陶虎臣到如意楼喝酒。他从内衣口袋里掏出两封洋钱，外面裹着红纸。一看就知道，一封是一百。他在两位老友面前，各放了一封。

"先用着。"

"这钱——？"

靳彝甫笑了笑。

那两个都明白了：彝甫把三块田黄给季匋民送去了。靳彝甫端起酒杯说："咱们今天醉一次。"

那两个同意。

"好，醉一次！"

这天是腊月三十。这样的时候，是不会有人上酒馆喝酒的。如意楼空荡荡的，就只有这三个人。

外面，正下着大雪。

许多年来，这场雪从汪曾祺的这篇小说里飘洒出来，一直温暖着我的心。

答《成都日报》问

《成都日报》记者、著名作家蒋蓝（以下简称记）：你的生活与写作是合二为一的，什么时候开始正式发表作品的呢？

杨虎（以下简称杨）：1990年，高中辍学一年后我回到学校，继续读书。我油印过一册诗集《悼梵·高》，收录了二十首诗，没想到1998年的《蜀风》杂志选发了其中一首，算是我求学阶段的一个小结。高中毕业后我进入一家冲压厂工作，经常看到操作女工手指被切掉……我很苦闷，感到毫无出路，觉得文学无法改变命运，直到1994年，我见到了第一缕曙光。

记：指的是什么？

杨：我大量投稿，都泥牛入海。1994年第3期《青年作家》刊用了我的一首诗，叫《伤心的卡夫卡》，4月25日，我收到了三十元稿费，当时我正在做农活，这让我从田野里飞起来了！父亲很高兴。我静下心来细想，又觉得走文学之路充满危机，可还得硬着头皮挺下去，因为我能够感受到的光芒，就是文学！1994年底《蜀州报》创刊，我陆续在上面发表了几十篇作品。

记：情况有了转机？

杨：2000 年，我所在的企业破产，领到三千元遣散费和一个"自谋职业证"，我再次徘徊在十字街头。当时孩子刚出生，生存需求超过了一切，我去家具厂当油漆工，去荷花池批发商品，到场镇上逢场摆摊，又在一家商贸公司做销售代表。这期间我遭遇车祸，锁骨折断，被迫在家养伤几个月。我开始读书，读天府的历史文化，让自己慢了下来。回顾这些坎坷的经历，它总会给我启示，觉得还是应该加强人文修养，深度书写我对天府文化、对西蜀大地的文学体认。从那时开始，我陆续购买了上万册旧书。

记：作家阿来也是在大病一场之后，开始着手《尘埃落定》的思考、写作。命运残酷，你很努力，一直没有放弃。

杨：在电脑大量普及的时代，我还在用手写作，后来才借了一千元钱，买了一台二手电脑。2005 年开始，我的作品大量发表。2007 年参加《百花园》杂志举办的全国小小说大赛，在一千多人的 PK 制里，闯过了六关，我得了第二名，由此打开了眼界。

记：你对成都平原的乡村怀有很深的情感，用很多作品书写林盘、风俗、历史……尤其是用散文的笔触呈现天府历史，花了很多功夫。

杨：对一个地区的历史、风物，历史文字记载是不完全准确的，也不可能回到现场。我用文学的方式去梳理、呈现天府文化，必须强调在场的意义。我首先梳理了崇州的历史地理，挖掘历史背后的人事，陆游的《入蜀记》、常璩的《华阳国志》、唐求的诗歌等，我渴望用一种"历史与现实对位"的方式去看待它们。

2007 年 7 月我决心考察文井江，从发源地鸡冠山开始，一直走到了新津县的漫渡，六十多公里的流程，宛如历史的经线，民俗、方言、人物、建筑、商业等交织其中，我收集到了很多史料。考察西蜀，也是在找回自己。

记：你还研究过崇州名人杨遇春。

杨：就是在这次考察里，我特别注意到清代名将、陕甘总督、一等昭勇侯杨遇春的墓地。1926 年编撰的《崇庆县志》，不唯史家风骨，且文采斐然，关于杨遇春墓葬，地点却不尽准确，仅寥寥两笔："娘娘岗崇林茂发。县人杨忠武祖墓及忠武冢均在焉。"实际上，杨遇春是葬在道明镇娘娘岗旁边的龙华山腰，处于无根山丘陵区与坝区交接地带。农民说，这里地形像巨大的虎头，以前有墓道、牌坊、石人、石马，占据了三座山。杨遇春的墓地刚好位于右虎爪之上。也就是说，从 1837 年起，身经百战的一代名将就静静憩息于此，直到 1967 年。当地村民告诉我："人们把杨侯爷从棺材里拖出来时，侯爷还穿着朝服，脖子上还挂了一串朝珠……"

记：你在非虚构散文《远去的侯爷》里，提到了两句与杨遇春相关的偈语："将军百战归虎山，观音临水拈弦月……"

杨：观音临水，指的是深藏于成都名刹文殊院中的"发绣《水月观音》像"，一件堪称国宝级别的文物，高 1.44 米，宽 41.2 厘米，以纯丝素缎为底，人发当线精心绣成。它与现珍藏于伦敦博物馆，由南宋高宗赵构的安妃手绣的《东方朔像》，和藏于日本正仓院，由明代韩希孟绣制的《弥勒佛像》一起，并称世界三大发绣精品。而发绣《水月观音》像的作者，即是杨遇春的长女，据说此女自小虔奉佛教。嘉庆二年，杨遇春奉命平定白莲教，因担忧父亲杀戮太重，她于每月朔望（即初一、十五）之日，各抽拔自己的头发三根，用金刀将每根发丝一分为二，二分为四，直至剖成肉眼难察的细丝，再精心刺绣，历时十三年，费头发共计九百三十六根，终于绣成这幅精美的发绣《水月观音》像。

记：在你即将出版的《西蜀秘史》（特别说明：由成都晚报连载的《西蜀秘史》在正式出版时更名为《西蜀寻隐》）里，收录了十多篇挖掘蜀地历史、彰显天府正脉的力作，其中涉及《洪武南藏》一篇，意义重大。

杨：《洪武南藏》又称《初刻南藏》，该藏流传至今者仅有一部。关于此藏的发现，李富华、何梅所著的《汉文佛教大藏经研究》一书称："民国二十三年（1934），在四川成都市附近的崇庆县街子乡（今崇州市街子镇）凤栖山上古寺，保存着一部完整的明刻本大藏经的消息流传开来。"那部经书藏在光严禅院深处已五百多年，当时并不知道这部大藏是哪个版本。1945 年，六十六岁的于右任来到此寺，给该寺的藏经处题了"藏经楼"三个大字。

　　五十八年后，有个名叫灯宽的老和尚谈起了于右任，言语间，仿佛他刚刚跨出门去："先生是在青城山里，听佛门中人偶然提起《洪武南藏》孤本的下落，就兴致勃勃地赶到古寺（注：分上、下古寺）。他美髯齐胸，二目不怒而威，真是大儒风范。他上藏经楼读了几天经，几乎足不出户。临走前，他应前任住持之邀，龙飞凤舞，一挥而就，写下'藏经楼'三个草字，口称：'难得！难得！'"

　　记：自北宋初年《开宝藏》问世以来，历代官、私所修各种版本的汉文《大藏经》有二十一种。有明一代，两百七十六年间官方也只刻印了三种（次），第一种即《洪武南藏》。1372 年春，朱元璋下令召集江南名僧至南京蒋山寺（后名灵谷寺），组织力量点校、开刻，约在 1398 年完工。因耗费浩大，当时仅印两部，皆归藏于大内。

　　杨：二十多年漫长的刻印期内，这部以南宋理宗宝庆年间（1225－1227）所刻《碛砂藏》为底本的大明第一经藏曾几经增补，收入大量禅教诸宗的语录著述。刻印完毕，只一部便重逾三吨以上，共计六百八十四函，分一千六百部，达七千余卷。

　　记：这样一部"国家重器"，如何来到成都？

　　杨：1416 年秋，锦官城内桂子飘香时节，蜀王朱椿忽然接到了来自南京的一封密函。纸上除"一瓢诗人"唐求的一首诗外，再无只言片语。初冬，永乐帝突然降下口谕：敕赐常乐寺名号为

"光严禅院"，并赐半副銮驾、两口皇锅，以及龙凤旗、琉璃瓦、《初刻南藏》（即《洪武南藏》）佛经一部和印度梵文贝叶经《华严经》一部。世间唯一的这部《洪武南藏》就这样不可思议地辗转来到了山岚缈缈白云悠悠的西蜀光严禅院。

明末张献忠入川，蜀王自杀的消息传来，名为海牛法师的住持立刻率领寺内众僧肩挑背扛，将《洪武南藏》搬到了偏僻的雅安天全县善居寺……

记：四川省图书馆新馆落成后，镇馆之宝《洪武南藏》公开展示过。

杨：1951 年，正在北京忙于"中国佛教协会"筹建工作的学者吕澂，一直念想着远在成都的《洪武南藏》。新中国成立后，政府改变了珍贵佛教典籍千百年来皆由寺院保存的做法。他听说新成立的扬州图书馆已将一部完整的《永乐南藏》请进了设备良好的古籍珍本室，心里隐隐有了兴奋的预感——历尽劫波之后，《洪武南藏》终将功德圆满。

1951 年 6 月的一天，四川省崇庆县首任县长姚体信根据县志记载，亲临光严禅院，直奔藏经楼，在楼中认真翻阅、察看了《洪武南藏》后，表示寺中已无人力财力保存如此卷帙浩繁的国宝，当即命令封闭藏经楼，经书装箱，随之派人请省里的文物专家进行鉴定。随后，县里征召了上百名挑夫，把重达三吨的佛典一路担到了成都，放入四川省图书馆永久存放。现在看来，这是一种保护文物的长远眼光。

记：写完《西蜀秘史》后，还有何打算？

杨：和今天一样，明朝时在四川以外说西蜀，泛指成都、眉山、绵阳一带。身在成都说西蜀，则指的是成都以西、沿岷江两岸次第铺开的青城、崇庆、温江等数州（县）。因着都江堰的滋养，此区域水旱从人，历来为成都周围的膏腴之地，文采风流数不尽。这也是我眷恋这片土地的原因。接下来，我会继续深挖西蜀的人文历史以及人物命运，光大"蜀中之蜀"的魅力；第二，我尤其关注当下的乡村生活，关注当下城市化进程里我的家乡黑石河一线的变化，我希望表现村民的内心世界，书写他们的哀伤和眼泪、他们的快乐与幸福。